"왕께서 환영에 감사의 뜻을
전하고 계십니다."
황금색 눈의 왕이 한 말을
회색 눈의 아름다운 여인이 옆에서 통역했다.
상냥하게 싱긋 미소 짓는 그 모습은
나이 먹은 백작조차 매료하는,
그저 아름답기만 한 것이 아닌 매력을 지니고 있었다.

세상에서 가장 행복한 신부에게 선물로 주어지는 것은,
축복의 꽃과 따뜻한 말, 그리고…….

성장한 마야의
흐뭇한 츤데레 모습에
라티나도 무심코 해롱해롱?!

우리 딸을 위해서라면, 나는 마왕도 쓰러뜨릴 수 있을지 몰라. 8

For my daughter, I might defeat even the archenemy.

저자 CHIROLU
일러스트 Kei
옮긴이 송재희

For my daughter,
I might defeat even the archenemy.

Contents

백금의 동생 공주. 황금의 언니 왕과 후일담. 1.

잘 연마된 칼날이 햇빛을 받아 반짝였다. 셀 수 없이 많은 생명을 빼앗고 얼마나 많은 피를 흡수했는지 확실하지 않은 칼이지만, 그 칼날에는 한 점의 흐림도 보이지 않았다. 그것이 여러 빛줄기를 남기며 빠르게 움직였다.

살짝 스치기만 해도 치명적인 그것은 그야말로 흉기였으나 오싹하리만큼 아름답기도 했다.

공기조차 가를 것 같은 예리한 칼끝의 움직임에는 조금의 망설임도 흔들림도 없었다. 마치 검무를 보는 듯한 우아함마저 느껴지는 것은 진홍색 칼을 다루는 주인의 뛰어난 외모 때문이기도 할 것이다.

서늘한 하늘색 눈이 소중하게 여기는 검과 마찬가지로 예리하게 앞을 응시했다. 살짝 옆으로 움직이는 시선조차 속임수로 사용하며 막힘없이 칼을 휘둘렀다.

그 너무나도 위험한 『검무』에는 상대가 있었다.

대치한 그 상대는 온갖 방향에서 자신을 향해 휘둘러지는 칼을 전부 수월하게 피했다. 검을 휘두를 때 아주 약간의 완급 조절이 가미된 것은 대치한 상대의 인식을 교란하기 위함이었으나 머리카락 한 올조차 베이지 않았다.

서로를 죽이려는 싸움은 아니지만 수련이라고 하기에는 너무나도 살벌한 그 광경을 지켜보는 관객이 있었다.

“빡쳤다.”

“빈트, 그건 몹시 화났다는 뜻이라고 이해하면 돼?”

“맞다.”

관객 한 사람과 한 마리는 한가로운 어조로 그렇게 맥 빠지는 대화를 나누고 있었다.

짧은 말로 긍정의 뜻을 나타낸 멍멍이는 살랑살랑 꼬리를 흔들며 다시 입을 열었다.

“저건 진심 딥빡.”

“딥빡?”

“깊은 빡침.”

“으음…… 몹시 화난 것보다도 훨씬 더 화났다는 거야?”

“맞다.”

아무리 이곳이 친숙한 『춤추는 범고양이』의 뒷마당이라고는 하지만, 그런 대화를 나누는 라티나와 빈트에게는 눈앞의 광경에 대한 긴장감이 전혀 없었다.

그러나 마이페이스 멍멍이는 별개로 치더라도, 그것 때문에 라티나를 책망하는 것은 가혹한 일일지도 모른다.

“작작 좀 해!”

숨 쉴 틈도 없이 휘둘러지는 칼을 피하는 와중임에도 불구하고 일방적으로 아우성치는 데일에게서는 어딘가 여유가 엿보였다.

애초에 무예의 소양이 없는 라티나에게 눈앞에서 펼쳐지는 일류 검술은 이해할 수 없는 다른 차원의 광경이었다. 너무나도 완성된 모습이라서 위험하다는 생각도 들지 않았다.

규격을 벗어난 마족이 된 데일의 몸은 인간의 범주를 뛰어넘었다. 『일류 검술』 앞에서 공격을 피하기에 전념하는 그의 모습에서 위험성이 느껴지지 않는 것도 라티나가 그런 생각이 들게 만든 원인 중 하나였다.

그때 더더욱 한가로운 목소리가 라티나의 등 뒤에서 들렸다.

"노여움을 샀는가. 좋군, 더 화내라."

"그레고르 님이 화가 난 건 아마도 크리소스가 원인일 테니까, 그렇게 말하면 나도 화낼 거야."

"빡?"

"빡이야."

선택한 단어 때문인지 화난 것이 조금도 느껴지지 않았다.

목소리의 주인인 크리소스는 기분 좋아 보이는 모습으로 『범고양이』의 주방에서 나왔다.

라티나는 그래도 나름대로 제 뜻을 표현하기 위해 크리소스에게 조금 뚱한 눈길을 보냈다. 그러나 그것도 오래가지 못하고 다시 눈앞의 광경으로 눈길을 돌렸다.

그때 뭔가 생각이 났는지 라티나는 훌쩍 일어나 주방 안으로 달려갔다.

라티나가 자리를 뜨고 얼마 지나지 않아 백은색으로 빛나는 칼날이 작은 금속음과 함께 진홍색 칼집으로 들어갔다. 무인다운 그 행동거지가 너무나도 멋들어져서 칼을 집어넣는 모습조차 아름답게 느껴졌다.

"……역시 마음껏 움직이는 건 기분이 좋군."

"아주 후련해 보인다. 너……."

소중한 검을 집어넣은 그레고르는 상쾌한 얼굴로 친구를 보았다. 숨을 몰아쉬는 것처럼 보이면서도 여유가 있는 데일이 그에 응했다.

그런 두 사람 곁으로 라티나가 달려왔다.

그리고 땀을 흘리는 그레고르에게 막 세탁을 끝낸 천을 내밀었다.

"폐를 끼쳐서 정말로 죄송해요, 그레고르 님."

꾸벅 고개를 숙이며 라티나가 사죄의 말을 꺼낸 것은 그레고르가 보인 일련의 행동이 따지고 보면 언니가 원인임을 알기 때문이었다.

주방에서 가져온 차가운 물이 든 유리컵을 쟁반에 올린 채로 내밀었다.

"네가 사과할 필요는 없는데……. 데일은, 뭐…… 데일이니까."

라티나의 선의를 굳이 사양하지 않고 그레고르는 단숨에 목을 적신 후 그렇게 말하며 쓴웃음을 지었다.

친구이기에 가능한 너무한 취급이었지만, 평소에 폐를 끼치는 빈도를 생각하면 그레고르가 그렇게 말하는 것도 어쩔 수 없는 일이었다. 아무튼 평소에 그 모양이니까.

"크리소스를 말렸지만…… 모처럼이니까 보러 가겠다고 해서……."

라티나가 그렇게 말한 것은 바실리오에서 온 사절단이 불과 얼마 전에 크로이츠에 도착했기 때문이었다.

그레고르는 라반드국과 바실리오의 중계 거점인 야영지를 경호하고 있었지만, 한 나라의 국왕이 포함된 사절단이 자국을 방문한다는데 하급 병사에게 호위와 안내를 맡길 수도 없었다. 그래서 거점의 방위를 모험가들과 일부 병사에게 맡기고서 직접 병사를 이끌고 사절단을 호위하게 되었다.

왕도로 가는 도중에 있으며 마수의 서식지인『숲』을 빠져나온 곳에 있는 크로이츠는 사절단이 반드시 들르게 되는 입지의 도시였다. 라반드국 측에게는 바실리오의 사절단을 처음으로 자국에서 맞이하는 장소이기도 했다.

또한 크로이츠는『외부에서 찾아오는 것』에 관대한 풍토를 가지고 있어서, 젊고 아름다운 국왕이 동행하는 바실리오의 사절단을 환영하는 분위기로 들끓고 있었다. 마중하는 단계부터 성대해지는 것은 어쩔 수 없었다.

그리고 그 모습을 크로이츠에 사는 데일과 라티나는 물론이고 크리소스도 함께 구경하러 갔다.

『춤추는 범고양이』의 단골손님 중에는 크로이츠의 치안을 유지하는 헌병대나 외벽의 문을 지키는 문지기도 포함되어 있었다.

“선발대가 도착했는데 바실리오의 사절단은 내일모레 도착한다는 모양이야. 문의 위치도 상관 있고. 남문에서 영주관까지 길을 통제해야 해서 내일부터 아주 바쁠 거야.”

그렇게 푸념을 담아 헌병대의 대장이 정보를 흘린 것은 정보 누설을 문제시하기보다도 본래 사절단의 중추에 있어야 할 존재를 발각되기 전에 돌려보내야 한다는 사명감 비슷한 것에서 비롯된 행동이었다.

하지만 정작 장본인은 마음에 든 수경 재배 용기를 빙글빙글 돌리며 짧게 「흠.」 하고 고개를 끄덕였을 뿐이었다.

크리소스가 들고 있는 것은 뿌리를 남긴 채소 토막을 물을 채운 용기에 그저 꽂았을 뿐인 것이었다. 다시 먹기에는 부족한 성장 속도였으나 그래도 크리소스에게는 충분히 호기심과 탐구심을 자극하는 대상인지, 쑥쑥 싹이 자라는 모습을 관찰하는 것이 최근 그녀의 관심사였다.

그렇게 자신의 길을 가는 크리소스 옆에서 라티나가 작게 고개를 갸웃했다.

“확실히 남문이 『숲』과는 가깝지만…… 치안은 별로 안 좋은데, 그쪽으로 들어오기로 했구나.”

“역시 동쪽이나 북쪽으로 도는 건 무리가 있으니까. 서구의 주택가를 지나는 방법도 있지만, 이렇게 온 도시가 떠들썩하니 사절단을 한 번이라도 보고 싶다는 주민의 목소리도 무시할 수 없는 수준으로 커졌거든.”

"그렇구나……. 크로이츠 사람들은 축제를 꽤 좋아하고…… 다들 많이 기대하는 것 같긴 해……."

"그럼 당일은 이 앞의 통행이 제한되는 건가? 손님의 출입도 크게 달라지겠네……."

중얼거린 케니스는 성실한 종업원인 간판 아가씨에게 온화하게 미소 지었다.

"그렇다면 그동안은 개점휴업 상태나 마찬가지겠지. 항상 눌러앉아 있는 녀석들이야 신경 쓸 필요도 없고, 구경하러 나가도 딱히 문제없어."

"흐아……."

구경하러 가고 싶다는 마음의 소리가 흘러나왔나 싶어서 라티나는 양손으로 뺨을 감쌌다. 조금 부끄러워하며 뺨을 물들였다.

케니스가 그리 말했어도 여전히 미안해하는 라티나와는 달리 크리소스는 완전히 그러기로 작정한 듯했다. 커다란 금색 눈을 또르르 움직여 무언가를 생각하는 모습을 보였다.

"음. 우리나라 사람들이 마중받는 모습을 객관적인 관점에서 보는 것도 나쁘지 않겠어."

"하지만 크리소스. 엄청난 인파가 모일 텐데 위험하지 않을까……."

"『마왕』을 해할 수 있는 것은 『용사』뿐이니 문제없다."

"그런 말이 아니라……."

"라티나, 이 모습을 보면 우리가 안 가더라도 크리소스는 반드시 나갈 거야……. 인파 속에서 멋대로 어딘가 가지 않도록 네가 잘 잡고 있어……."

이미 포기한 얼굴로 데일이 그렇게 말하며 라티나에게 주의를 촉구했다. 눈길이 닿지 않는 곳에서 뭔가 일을 일으키는 것은 정신 건강에 좋지 않았다.

덧붙여 데일이 말하길 「아무리 사람이 미어터질 듯 많아도 내가 라티나를 잃어버릴 일은 없다」고 했다. 그것이 권속이 되면서 왼손에 새겨진 『이름』을 매개로 이어지는 일종의 특수 능력 때문인지 데일 개인의 능력인지는 확실하지 않았다.

"그렇다면……."

원래부터 라티나도 호기심이 강했다. 흔치 않은 축제 분위기에 들뜨지 않을 리가 없었다.

"……그리고 그동안에라도 아델리나 일행에게 휴식 시간을 줘야지……."

그렇게 말하며 데일이 보낸 시선 끝에는 테이블에 푹 엎어진 삼인조의 모습이 있었다. 저택 안에 있을 때와 『범고양이』 안에 있을 때 말고는 예상할 수 없는 행동 패턴과 너무나도 경쾌한 발놀림으로 한시도 눈을 뗄 수 없는 자유분방한 마왕에게 휘둘리고 있는 삼인조였다.

이 자유분방한 마왕을 인파 속에 놓치기라도 하면 어떤 일이 벌어질지 예상도 되지 않았다. 그러나 크리소스의 행동은 예상할 수 없어도, 호위인 아델리나 일행이 과로로 쓰러지기 직전까지 내몰릴 것은 예상이 갔다.

라티나도 데일의 그 말에 생각되는 바가 있었는지 난처한 얼굴로 미소 지었다.

"누나, 나도!"

"이 이상 돌볼 상대가 늘어나는 건 사양하고 싶다만."

"부모로서 거기까지 폐 끼칠 생각은 없어. 테오는 신경 쓰지 않아도 돼."

"데일이 아니라 누나랑 같이 있고 싶은 거야!"

노골적으로 어필하는 맏아들의 발언은 유감스럽게도 친부모와 데일에게 묵살되었다.

그리고 다음다음 날. 사전 정보대로 바실리오의 사절단은 크로이츠에 무사히 도착했다.

남문에서 일행을 안내하며 나온 것은 라반드국의 병사였다. 정연하게 통행 규제가 이루어져서 군중은 양쪽 길가에 나뉘어 있었다. 영주관이 있는 중앙 구획까지 새끼 고양이 한 마리 가로지르지 못하도록 많은 헌병과 임시로 고용된 모험가들이 엄중하게 경비를 섰다.

안내하는 병사가 든 깃발에는 라반드국 대귀족 에르디슈테트 가문의 문장이 들어가 있었다. 유일하게 말을 탄 흑발의 청년 검사가 그 병사의 뒤를 이었다. 일행의 안내와 호위 임무를 맡은 그 청년 검사의 모습을 한 번 보는 것도 사람들의 목적 중 하나였다.

『백금의 용사』와 함께 영웅으로 불리는 차기 공작이었다.

푸르스름한 검은 털을 지닌 군마 위에서 늠름하게 앞을 응시하는 그 모습은 영웅이라는 이름에 걸맞은 뛰어난 검사로서의 풍격을 느끼게 했다. 하지만 그 모습을 보며 군중 속 여성들이 한숨을 쉰 것은 음유 시인이 영웅담으로 노래한 그의 외모가 과장이 아니라 정말로 아름답다는 것을 확인할 수 있었기 때문일지도 모른다.

그 뒤로는 색깔도 형태도 다양한 반들반들한 뿔을 드러낸 마인족 사절단이 걸어갔다.

그들이 걸친 하늘하늘한 의복은 라반드국에서는 볼 수 없는 형식이었다. 뿔에 장식품을 거는 문화나 다채로운 귀석 비즈를 엮어 만든 목걸이도 크로이츠 사람들의 눈에는 전부 신선하게 비쳤다. 이웃 나라면서 지금껏 교류가 없었던 바실리오 사절단의 모습은 크로이츠 사람들의 호기심을 매우 자극했다. 눈치 빠른 상인들은 즉각 머릿속으로 바실리오풍 액세서리의 판매 예정을 세워나갔다. 이대로 양국의 우호적인 분위기가 고무되면 크게 유행할 것이 틀림없다.

앞뒤로 나뉜 마인족들이 지키는 호사스러운 『차(車)』가 군중 앞에 모습을 드러냈을 때는 함성이 잔물결처럼 퍼졌다.

그 『차』는 마차가 아니었다.

차를 끄는 것은 말이 아니라, 라반드국에는 없는 파충류 계통의 마수였다.

햇빛을 받아 마수의 비늘은 반짝반짝 빛났고, 빛의 가감을 따라 반짝임의 색이 바뀌었다.

마수는 『차』를 가뿐하게 끌며 앞으로 나아갔다. 속도는 그다지 느껴지지 않지만, 힘 있는 움직임이었다.

마수만으로도 충분히 눈길을 끄는데 『차』도 근사했다. 차체에 새겨진 정밀한 조각과 다양한 귀석 장식이 너무나도 훌륭하여 보석 상자 같은 인상을 주었다.

명백하게 왕이 타는 것임을 알 수 있는 아름다운 예술품 같은 탈 것은 그것만으로도 이국의 분위기를 전달했다.

어떤 이는 장식의 훌륭함에 한숨을 쉬었고, 어떤 이는 이토록 멋진 차에 탄 젊고 아름다운 국왕의 모습을 상상했다.

"뭐, 짐 운반에 쓰고 있을 뿐이다만."

"적어도 대역을 태워!"

다 알고 있겠지만, 태연하게 내뱉은 사람은 크리소스였다.

그녀는 본래 저 일행의 중심에 있어야 할 인물이었다.

그런데 실제로는 동생과 함께 노점에서 산 과일 주스와 꼬치구이를 양손에 들고서 구경꾼의 일부가 되어 있으니, 뭐라고 말하기 어려운 현실이었다.

"아. 이 꼬치구이 맛있다. 소금 간이 정말 잘 됐어……. 향신료는 뭘 쓴 걸까……?"

동생이 한층 더 마이페이스한 말을 중얼거리고 있는 것은 일단 제쳐두자.

"어느 정도는 현지에서 식량을 조달할 수 있다고는 하지만 물자 운반은 중요해. 합리적인 판단이지 않은가."

구구절절 옳은 말이라서 부정하기 힘들었다.

확실히 외양도 아름다웠지만, 마수도 차체도 상당히 튼튼해 보였다. 사람의 경호뿐만 아니라, 여전히 정비되지 않은 『숲』의 험한 길에서도 적절한 탈것이리라. 그리고 본래 저기에 타야 할 크리소스가 여기 있는 이상, 빈 차를 그저 끌고 오는 것은 비합리적인 행동이었다.

원래 국왕쯤 되면 자신의 탈것 하나도 권력의 상징으로 삼아 불가침 존재로 만든다. 하지만 바실리오는 타국과 달리 왕권을 과시할 필요가 없었다. 국왕인 『마왕』을 선출하는 것은 『신』이다. 마인족의 국가인 바실리오는 신의 뜻을 따라 신전과 함께 나라를 운영하는, 말하자면 종교 국가였다.

그렇기에 국왕인 『첫째 마왕』의 권력은 불변하는 것이고, 국왕이라는 것을 필요 이상으로 과시할 필요가 없었다.

크리소스가 신경 쓰지 않는다고 한다면 저토록 호화로운 탈것이어도 짐마차 대용으로 쓰이는 것이다.

그렇게 데일도 납득하고 말았다.

“뭐, 첫인상은 중요하니 말이다. 로제와 실비아의 조언을 받아 이쪽 나라에서 먹힐 만한 것을 수선했는데 반응이 좋군.”

“저렇게 화려하게 만든 건…… 바실리오에서 별로 볼 수 없지 않나?”

“확실히 그렇지.”

고개를 갸웃한 라티나에게 크리소스는 간단히 수긍했다. 본래 바실리오의 국민은 많은 가구를 늘어놓거나 화려하게 장식하는 것을 좋아하지 않았다.

“선대 『마왕』……이라기보다 그 총희의 취미였다는 것 같다. 관심을 끌기 위해 저런 것을 여럿 만들었다는 모양이야. 파손되기는 했으나 신전 구석에 보존되어 있었지. 뭔가 쓸모가 있을지도 모르니. 뭐, 우리나라의 『특산물』 표본으로서도 딱 좋지 않은가.”

바실리오는 기후가 혹독하여 농경에는 적절하지 않지만 지하자원은 풍부했다. 장식에 쓰인 귀석과 그 가공 및 조각 기술 등을 선전하는 목적은 달성했다.

“……라반드국에 줄 헌상품은 준비했어?”

“이번 방문은 정식 외교의 전 단계다. 정식 외교가 수립되면 그러한 것도 마련할 것이다.”

데일이 묻자 크리소스는 그렇게 대답했다.

“뭐, 최소한의 것은 준비했다. 당연한 일이니.”

“속국이 되는 것도 아니니까 조절이 어려운가.”

“우리나라와 이 나라의 가치 기준이 다른 것도 선정을 제법 어렵게 한다.”

“그렇겠지.”

그렇게 데일과 크리소스가 군중 속에서 잡담이라고는 생각할 수 없는 대화를 한창 하고 있을 때였다. 두 사람의 대화에 끼어드는 형태로 라티나가 떨리는 목소리로 말했다.

“데일…… 방금 그레고르 님과 눈이 마주친 것 같은데…… 기분 탓일까……?”

"응?"

라티나의 말에 데일은 메마른 웃음을 지으며 고개를 흔들었다.

"기분 탓이 아니야…… 저거 눈치챘네. 뵈, 조금 동요하고 있잖아."

"그건 모르겠어."

"모르겠군."

감정을 그다지 겉으로 드러내지 않는 그레고르의 동요는 그와 오래 알고 지낸 데일만이 알 수 있었다.

그래도 퍼레이드 같은 호화로운 사절단 일행은 중앙 구역 쪽으로 엄숙하게 나아갔다. 사절단의 모습이 보이지 않게 되자 해산하듯 움직이기 시작한 사람들은 각기 흥분하여 감상을 나누었다. 그 분위기에서는 험악함을 느낄 수 없었다. 이 모습을 보는 한, 내일이면 이 자리에 없었던 사람들 사이에도 사절단의 모습이 파다하게 소문날 것이다.

그런 생각을 하며 데일은 라티나와 크리소스를 재촉하여 『범고양이』로 돌아왔다.

라티나가 희망하여 연구용으로 꼬치구이 노점에 재차 들른 것은 여담이다.

그리고 그 후, 머지않아 몰래 『춤추는 범고양이』로 달려온 그레고르는…….

일단 한 대 때리자는 것처럼 데일 상대로 검을 뽑았다.

"그렇지 않을까 예상은 했지만……. 중계점이기는 해도 호위할 인물에게 목적지에서 마중받는 이쪽의 심경이 어떨 것 같아?"

"그렇다고 나한테 풀지 마."

"장본인에게 풀 수는 없잖아. 기분 전환을 위한 가벼운 운동에 어울려준다고 벌이 내리지는 않아."

"하하하. 너만큼 실력이 뛰어난 녀석이 진검을 들고 덤비는 걸 가벼운 운동이라고는 안 하거든?"

"내 실력을 알고 있다면 웬만해선 치명상을 입히지 않는다는 것도 알고 있겠지."

"웬만해선 치명상을 안 입힌다니, 전혀 안심되지 않는 말이야!"

그렇게 데일과 너스레를 주고받으면서도 그레고르는 『재앙의 마왕』과 싸울 무렵부터 어렴풋이 느꼈던 위화감의 정체를 확실하게 알아채고 있었다.

그레고르가 폭풍처럼 칼을 휘둘렀음에도 데일에게서는 피로의 기색이 전혀 느껴지지 않았다. 아무래도 친구는 『사람』이라는 생물의 범주를 초월해버린 모양이라고 판단을 내렸다.

'……『첫째 마왕』 폐하와 매부와 처형 관계가 된다고는 하지만…… 데일이 폐하와 만난 건 바실리오에 가고 나서일 텐데.'

마왕의 권속이 되면 『사람』의 능력을 가볍게 뛰어넘은 영역에 도달할 수 있음은 그레고르도 아는 사실이었다.

그러나 『마왕』에게 대적하는 존재인 『용사』가 『마족』이 될 수 있는지까지는 그레고르도 모른다. 그래도 『첫째 마왕』에게 데일은 친동생의 반려다. 데일을 자신의 권속으로 삼고자 할 가능성은 완전히 부정할 수 없었다.

하지만 석연치 않은 점도 있어서 가설은 그 영역을 벗어나지 않았다. 그리고 친구의 성격상 언젠가 어떤 형태로든 보고받게 되리라고 추측했다.

그러니 캐물을 때는 지금이 아니다.

그레고르는 그렇게 생각하며 본심을 섞어 너스레를 거듭했다.

"죽기 전에 한 번쯤은 너랑 진심으로 싸워보고 싶은 마음이 없지는 않은데……."

"나는 그러기 싫어."

데일은 즉각 거부했다.

화난 어조도 아니고 담담히 말하니 오히려 그레고르의 말에 얼마나 본심이 담겨 있는지 느껴질 정도였다.

그레고르는 순수하게 검사로서 높은 경지를 목표하며 더욱 검술을 갈고닦고 싶어 하는 부분이 있다. 단적으로 말하자면 전투광인 경향이 있었다.

그러나 그것이 결코 이성을 웃돌지 않음을 아는 데일은 한숨을 쉬며 넘길 뿐, 과하게 반응하지 않았다.

"너는 훈련이나 모의 전투에서는 진짜 실력을 발휘하지 못하는 타입이잖아."

"……그래?"

그레고르의 말에 반응한 사람은 라티나였다.

라티나는 어릴 때부터 빼먹지 않고 단련하며 성실하게 실력을 갈고닦은 데일의 모습을 보았다. 하지만 데일에게 그런 경향이 있다고는 생각도 못 했다.

"데일은 명확한 목적이 없으면 실력을 발휘하지 못하는 남자야."

그레고르는 말을 꾸미지 않고 확실하게 단언했다. 친구에게 그런 말을 들은 데일은 다소 불만스러운 표정을 지었으나 자각은 있는지 반론하지는 않았다.

데일에게 그런 경향이 있는 것은 그가 『지키는 것』에 정체성을 두고 있기 때문이었다. 그래서 명확하게 무언가를 잃을 일이 없을 때는 제대로 실력을 발휘하지 못했다. 데일은 승리와 함께 얻을 수 있는 명성에서 가치를 찾지 못했고, 패배 좀 했다고 해서 그의 『긍지』는 흠집 나지 않았다.

그리고 라티나가 그런 데일의 모습을 모르는 것도 당연했다.

데일에게 라티나는 『지키고 싶은 것의 상징』이었다. 그녀 앞에서 데일은 늘 동기가 부여된 상태였다. 라티나 앞에서라면 어느 때든 패배하는 모습을 보이기 싫어하는 것은 『보호자』였을 때부터 변함없는 그의 긍지였다.

"그건 그렇고……."

땀을 닦으며 그레고르는 말하기를 머뭇거렸다. 그의 시선 끝에는 황금색 눈을 가진 여성이 있었다.

시선 끝에 있는 크리소스는 사절단의 모습을 견학했을 때 일행을 안내하는 그레고르를 보았다. 라반드국 대귀족인 에르디슈테트 가문에 관해서도 알고 있는 크리소스는 그레고르가 어떤 지위의 인물인지를 알았다.

"나는 어디서나 흔히 볼 수 있는, 그저 여기 있는 **라티나의 언니 리쏘**다."

"어?"

"노골적이네."

크리소스의 갑작스러운 발언에 고개를 갸우뚱한 사람은 라티나뿐이었고, 데일과 그레고르는 쓰게 웃었다.

"의향이 그러하시다면 뜻하시는 대로."

"음."

그렇게 간결히 대답한 그레고르는 크리소스의 뜻을 헤아리고 무릎 꿇어 인사하는 짓은 하지 않았다.

나란히 선 자매를 무례하지 않은 선에서 바라보고 감탄하듯 숨을 내쉬었다.

"소문대로 아주 닮은 자매네."

"성격은 안 닮았어……라고 잘라 말할 수 없을 정도로는 닮은 구석이 있으려나."

구체적으로 말하자면 온실 속에서 자란 천진한 아가씨라는 점이 비슷했다.

"중계점 야영지에서 『황금의 왕』 일행을 맞이했을 때의 내 심정을 고려해줬으면 좋았을 텐데…….”

웬일로 분명하게 말한 그레고르의 푸념에 데일은 머리를 긁적이며 곤혹스러운 목소리로 대답했다.

“……나한테 말해도 소용없다니까 그러네…….”

“내 얼굴을 아는 자도 없을 터이거늘.”

“너는 조금이라도 숨기려는 모습을 보여줄 순 없는 거냐.”

조금 전에 부정했음에도 불구하고 그렇게 발언하는 크리소스를 보고 데일은 어이없다는 얼굴을 했다. 한편 그레고르는 달관한 표정을 짓고 있었다.

“우선 그 자리에 있던 모험가들이 왕이 대역이라는 걸 눈치채서…… 폭도로 변하는 건 아닐까 하는 마음에 간담이 서늘했어.”

“…….”

“나도 다른 사람이라는 건 눈치챘으니까……. 하지만 병사들은 모험가들이 왜 폭발하려고 하는지 모르지……. 어떻게 수습해야 할지 나도 속 많이 썩였다.”

“…….”

바실리오와 라반드국의 중계점에서 일하는 『범고양이』 단골손님들의 피 토하는 절규가 들리는 것 같았다.

확실히 모험가들은 누구도 『황금의 왕』을 본 적이 없다.

그러나 그들은 판박이 동생 공주를 알고 있었다.

—살짝이라도 보기를 기대했는데……! 모험가들의 그런 안타까

운 외침이 무슨 뜻인지 이해하는 라반드 병사는 라티나와 면식이 있고 라티나의 신원을 아는 그레고르뿐이었다.

"그렇게 위험했는가. 내 판단은 다행이었을지도 모르겠군."

그 사태를 만든 원인이 그렇게 자랑스럽게 말했을 때, 데일은 친구에게 머리를 숙였다.

"……나로 괜찮다면…… 언제든 검 상대가 되어줄게……."

일단 이 『원인』은 자신의 처형, 즉 가족이었다.

"그건 그렇고 크리소스."

"왜 부르지."

데일은 마음을 다잡고 크리소스 쪽으로 몸을 돌렸다.

"사절단이 도착했어."

"나도 함께 구경하지 않았나. 벌써 노망이 들었는가."

"사절단과는 크로이츠에서 합류할 예정이라고 했었지?"

"끄응."

"라반드국 중진과의 회담을 대역에게 시킬 수는 없잖아. 일이 발각되기 전에 『황금의 왕』으로 돌아가야……."

"「****, **********.」"

"……응?"

크리소스의 빠른 말을 알아듣지 못한 데일은 고개를 갸웃했다. 한편 라티나는 곤란한 표정을 지었다.

"크리소스…… 그렇게 말해도……."

“「**, ***.」”

크리소스는 대답과 동시에 라티나 뒤에 쏙 숨었다.

그리고 그대로 입을 다물었다.

데일은 한동안 멍하니 있었지만 크리소스의 행동이 무슨 뜻인지 이해하고 인상을 확 찌푸렸다.

“어이.”

데일이 언짢게 목소리를 깔아도 크리소스는 라티나 뒤에서 나오려고 하지 않았다. 언니와 데일 사이에 끼게 된 라티나가 몹시 난감한 표정을 지었다.

“무슨 말 안 듣는 어린애도 아니고…….”

“「**, *********.」”

“상황이 안 좋을 때만 말을 모르는 척하지 마…….”

데일이 무섭게 위협해도 크리소스의 태도는 바뀌지 않았다. 어린아이처럼 얼굴을 홱 돌리기까지 하니 『황금의 왕』으로서의 위엄은 조금도 찾아볼 수 없었다.

“크리소스…….”

완전히 떼쓰는 상태가 된 언니에게 라티나가 몸을 돌리자 크리소스는 슬픈 얼굴을 하며 선수 치듯 말을 꺼냈다.

“플라티나는 나와 헤어지는 것이 싫지 않은가?”

“싫지 않을 리가 없잖아…….”

이런 말을 들으면 순진한 라티나는 언니에게 강하게 나갈 수 없다. 헤어지기 싫다는 말은 라티나의 거짓 없는 본심이었다. 반쪽이

라고도 할 수 있을 만큼 가까운 존재인 쌍둥이 언니를 누구보다도 소중하게 여기고 있는 것 또한 진심이었다.

“바실리오까지 함께 가자고는 하지 않아. 플라티나에게 아직 때가 아닌 것은 나도 이해하고 있어.”

“……응, 미안해, 크리소스……. 나는…… 아직, 무리야.”

“하루라도 빨리 찌꺼기 같은 노인네들을 전부 없애서 플라티나를 맞아들일 수 있게 노력할 것이다. 플라티나를 죄인이라고 했던 족속은 신전뿐만 아니라 수도에서도 전부 추방해주겠어…….”

“사적인 감정으로 그런 일을 하면 안 돼.”

식은땀을 흘리는 라티나는 바실리오의 『신전』 사정이야 모르지만 언니가 공포 정치를 펼치지 않기를 바랐다.

한편 데일은 자세한 사정은 전혀 모르지만, 크리소스가 말한 대로 실행하더라도 어쩔 수 없는 일이라고 생각했다. 『귀여운 라티나』에게 비정한 짓을 한 족속은 그에게도 죽어 마땅한 대상이었다.

‘뭐, 라티나가 죄인이 되어 추방되지 않았다면…… 나는 라티나와 만나지 못했을 테니 복잡하긴 하지만.’

그런 생각이 들기도 했다.

그런 점에서 데일은 참으로 한결같았다.

데일이 속으로 무슨 생각을 하는지 모른 채 크리소스는 라티나와 대화를 계속했다.

“적어도 라반드국에 있는 동안은 함께 있어도 좋지 않은가…….
나는 **라티나**와 다시 만날 날을 줄곧 고대하였다.”

"……리쏘."

크리소스가 어리광을 부리듯 어릴 때 호칭으로 부르자 라티나의 표정이 흐려졌다.

"나도, 그래……. 하지만 바실리오의 임금님으로서 할 일은 크리소스만이 할 수 있잖아……. 그러니까……."

"그렇지……."

북받치는 감정을 참듯 크리소스는 라티나의 손을 꼭 잡았다. 그리고서 한 번 떨어뜨렸던 시선을 다시 동생에게 보냈다. 그런 크리소스의 모습에 「이해해줬구나」 하고 라티나가 똑바로 언니를 봤을 때였다.

"그럼 플라티나도 함께 가자."

"흐얏?"

너무 놀란 나머지 라티나가 이상한 목소리를 냈다.

"어차피 데일과 함께 왕도에 오라는 말을 들었지? 그저 조금 예정이 빨라지는 것 아닌가?"

"어? 못 들었는데? 어째서?"

달관한 듯한 그레고르의 말에 라티나는 눈을 끔뻑이며 당황스러워했다. 그녀에게는 아닌 밤중에 홍두깨 같은 말이었다.

"아. 깜빡했다."

옆에 있던 데일은 그렇게 중얼거리며 식은땀을 흘렸다.

공작 각하의 요청이라는 이름의 명령을 라티나에게 전하는 것을 까맣게 잊었던 것이 떠올랐다.

바실리오의 사절단이 라반드국으로 향한다는 정보와 함께 왕도에서 그런 명령을 받았지만, 크로이츠에 돌아와 보니 크리소스가 있더라는 충격적인 일 때문에 여러 가지로 정신이 없어서 까맣게 잊고 있었다.

"플라티나가 이 나라의 평민으로 산다는 것이 알려지면 곤란하지 않은가? 나의 동생으로서 옆에 있는 것이 좋겠지."

"어? 크리소스가 앞으로 만날 사람은…… 높으신 분들이지……?"

"타국의 군주를 맞이하면서 말단 관리가 대응하지는 않지."

"아버지는 물론이고 폐하와의 회담도 예정되어 있어."

데일과 그레고르가 긍정하자 라티나는 매우 알기 쉽게 당황했다.

기본적으로 라티나는 사고방식이 서민적인 소녀였다.

"여차하면 말을 모르는 척하면 되지 않나?"

"나, 그레고르 님의 아버님과는 면식이 있는걸……!"

크리소스가 제안한 다소 난폭한 대응 방법에는 실행에 옮길 수 없는 문제점이 있었다.

라티나가 그렇게 당황해도 개의치 않고 크리소스는 마이페이스로 말을 이었다.

"플라티나가 바실리오 인원 속에 분명하게 섞일 수 있도록 가짜 뿔도 준비해두었다."

"그 말은 크리소스…… 처음부터 나를 끌어들일 생각이었구나……."

"……마인족의 눈에는 가짜인 것이 티가 나지만, 내 뿔 형태를 기반으로 만들게 했기에 제법 훌륭하게 완성되었다."

“크리소스, 이야기가 전혀 얼버무려지지 않았어.”

“얼버무릴 생각도 없는 게 아닐까…….”

어이없다는 얼굴을 하면서도 데일은 크리소스를 말리려고 하지 않았다. 라티나는 그 의미를 이해하고 조금 섭섭한 얼굴로 그를 보았다.

“데일…….”

“아니, 그런 명령을 받고 승낙해버렸으니까……. 잊어버리고 말을 안 한 건 정말로 미안하지만…….”

데일의 입장상 라반드국의 엄청난 권력자인 고용주의 요청은 거절하기 어려웠다.

규격을 벗어난 용사라든가 마족이라든가 자신의 길을 관철하는 데일이긴 하지만 일단 그 부분의 분별력은 남아 있었다.

“…….”

데일이 시선을 피하자 라티나는 그레고르를 보았다.

조금 전의 발언을 봐도 알 수 있듯 그는 크리소스 긍정파였다. 라티나는 이 자리에 자기편이 없음을 깨닫고 더욱 많은 식은땀을 흘렸다.

참고로 빈트는 이미 싫증이 나서 놀러 나가 버렸다. 하지만 아군이 멍멍이밖에 없는 상태여서야 상황을 뒤집을 수도 없을 것이다.

그렇게 궁지에 몰린 라티나가 내린 결론은 적어도 냉정해질 시간을 벌기 위해 이 자리에서 이탈하는 것이었다.

라티나는 몸을 홱 돌리고 뒷마당에서 주방으로 뛰어 들어갔다. 거기서 멈추지 않고 『범고양이』의 손님홀로 달려갔다.

“아, 도망쳤다.”

느긋하게 중얼거리며 바라보는 데일 옆에서 크리소스가 어딘가 음흉한 미소를 지었다. 외모는 판박이지만 라티나라면 결코 지을 리가 없는 표정이었다.

“플라티나를 놓치지 마라!”

크리소스가 누구를 향해 외쳤는지 데일이 알게 된 것은 가게 안의 광경을 봤을 때였다.

가게 출입구를 막아선 단골손님들을 보며 아연실색한 라티나의 모습이 거기에 있었다.

“어째서……?”

라티나가 떨리는 목소리로 묻는 것은 당연했다. 이 가게의 단골손님들은 데일에 버금갈 정도로 줄곧 그녀의 편이었다.

“미안해, 아가씨……. 총회에서 결정된 일이라…….”

창백해진 라티나의 모습을 보고 질베스터가 소태 씹은 얼굴이 되었다. 단골손님들이 이 가게의 간판 아가씨에게 약한 것도 하루 이틀 일이 아니기에 어쩔 수 없었다.

하지만 그는 그래도 라티나가 도망치게 두지 않았다.

무슨 총회인지 묻는 자는 이 자리에 없었다.

“안이하구나, 플라티나. 민심을 장악해두는 것 정도는 왕에게 쉬운 일이다. 내가 이 가게에 다니면서 아무것도 하지 않은 줄 알았는가."

의기양양한 크리소스를 곁눈질로 보고서 데일은 질베스티에게 말을 걸었다.

"뭐에 매수된 거야?"

노골적인 질문이었다.

"바실리오 양식의…… 귀인의 옷차림을 한 아가씨 모습을 보고 싶지 않냐고 해서……."

"플라티나는 바실리오의 정장을 혼자서 입지 못하지……. 이 가게 사람들은 플라티나를 예뻐하기에 플라티나를 교섭 재료로 삼으면 약하다."

크리소스는 자신만만하게 단언했다. 그 말을 데일은 조금 생각하고서 긍정했다.

"부정은 못 하겠네."

"못 하는 거냐."

그레고르의 한숨 섞인 목소리에는 체념이 담겨 있었다.

"그러고 보니…… 우리 집에 드나드는 초상화가가 바실리오의 왕이 아름다운 쌍둥이라는 이야기를 듣고…… 흥미를 느낀 것 같았는데……."

"나뿐만 아니라 플라티나도 있다면 양국의 우호적인 분위기도 고취되겠지. 아무튼 『백금의 용사』의 『요정 공주』니 말이다."

"초상화가 완성되면 복제품을 이쪽에도 보내기로 할까……."

그레고르의 그 중얼거림에 데일보다도 단골손님들이 먼저 술렁거렸다.

라티나는 현 상태에 이미 울먹이고 있었다. 보호 본능을 마구 자극하는 모습이었지만, 크리소스에게 포획되는 그 순간에도 그녀에게 구원의 손길을 내미는 자는 없었다.

"아. 삼인조에게 부탁했던 호위 의뢰의 종료 절차를 밟아두는 편이 좋으려나."

그러한 소동이 벌어지든 말든 리타는 평소와 다름없는 얼굴로 일상 업무를 소화해나갔다.

그런 일이 있었으니, 아무리 천연 성분으로 만들어진 어리바리 아가씨인 라티나라고 해도 『범고양이』의 손님 테이블 구석에 불퉁한 얼굴로 앉아 있는 상태 정도는 되었다.

명백하게 기분이 좋지 않아 보이는 간판 아가씨 앞에서 단골손님들도 지은 죄가 있는지라 어색하게 침묵을 지키며 거리를 뒀다.

데일에 이르러서는 라티나가 회색 눈망울에 눈물을 글썽거리며 말없이 노려본 것만으로도 양심의 가책을 견딜 수 없었는지 주방 안쪽으로 달아났다.

아니, 데일이라면 부루퉁한 표정의 라티나도 평소와 다른 사랑스러움이 있다면서 살짝 매섭게 노려보는 동작에도 자제심을 관통당해 전략적 철수를 선택했을 가능성을 부정할 수 없었다. 보통 이런 상황이 됐을 때 그가 취하는 대응은 남들에게는 보여줄 수 없는 당분 과다 달달 모드 직행이었다. 하지만 제아무리 데일이라 해도 자신에게 가차 없는 크리소스와 그레고르가 둘 다 있는 상황에서는 그런 부분을 자중하는 배려를 보인 것일지도 모른다.

한편 알콩달콩의 쌍벽인 시스콤 마왕 크리소스는 모처럼 키운 수경 재배 식물을 어떻게 가져갈 방도가 없을지 사색에 잠겨 있었다. 그래서 토라진 동생을 신경 쓸 여유가 없는 듯했다.

그녀가 든 재배 용기 속에서 자라는 것은 채소 토막에서 돋아난 특별할 것 없는 작은 싹에 불과했다. 그래도 매일 관찰하다 보니 정이 든 모양이었다. 그렇다고 해도 일국의 주인이 채소 토막을 애지중지하는 것도 이상한 광경이었다.

"그러면 구근을 가져가 보는 건 어때?"

"음?"

그런 크리소스의 모습을 보고 리타가 말을 걸었다. 리타는 근처에 있던 종이에 펜을 놀려 그림으로 설명하면서 한 가지 제안을 했다.

"구근을, 이렇게 뿌리 끝만 물에 담가서 키우는 방법이 있어. 싹이 나기 전까지는 차갑게 둬야 하는 것 같은데…… 바실리오는 기온이 높은 지역이니까 그대로 가져가서 키우기는 어렵겠지만, 마법 기술이 발전했다면 어떻게든 할 수 있지 않을까?"

"흠."

"유리처럼 투명한 용기에 넣어서 키우면 관찰하기에도 딱 좋고, 라반드국의 공예품을 가져간다는 점에서도 합격인 괜찮은 물건이 되지 않을까."

"흠."

그 결과, 크리소스의 관심은 완전히 그쪽으로 이동했다.

원래부터 그녀는 호기심이 왕성했다. 새로이 흥미를 유발하는 대상을 발견하면 그쪽에 심취하고 마는 것은 자매의 공통된 성질이기도 했다.

"물만 가지고도 식물이 튼튼하게 자라는 것은 흥미로워."

하지만 그녀는 단순히 호기심만으로 수경 재배에 관심을 가지고 있는 것이 아닌 듯했다.

"이 분야의 연구를 진행하면 메마른 토지인 바실리오에서도 작물 생산율을 높일 수 있을지도 모르지."

그것은 틀림없이 일국의 주인으로서의 관점이었다.

"아무리 마인족이 마법에 뛰어나다고는 해도 메마른 대지 전체를 비옥하게 만들 수는 없어. 그러나 한정된 범위라면 맑은 물을 늘 가득 채워둘 수 있지. 문제는 어떻게 씨앗을 뿌리 내리게 할 것인가인데……. 구근이 아닌 다른 식물도 물로만 키울 수 있는지 검증이 필요한가……."

그렇게 자기 생각 속에 몰입하는 모습도 쌍둥이 동생을 방불케 했다.

그렇기에 리타도 쓴웃음을 지으며 한층 더 나아간 제안을 이어갔다.

"『주황의 신(코르모제이)』의 신위에 의한 가호는 대지에 접해 있어야만 작용하는 것이 많은 모양이라 라반드국에서도 일반적인 재배법은 아니지만…… 어디든 별난 사람은 있으니까 그런대로 연구 중인 학자가 있을 거야. 구근 원예법도 그 결과 퍼진 거고."

이야기에 몰입한 리다와 크리소스는 혼자 방치된 라티나에게 그레고르가 조용히 다가가는 것에 관심을 두지 않았다.

그레고르의 기척에 라티나가 얼굴을 들었다.

데일의 친구이자 면식 있는 지인 카테고리에 들어가긴 하지만 『자신과 친한 상대』 카테고리에는 들어가지 않는 그레고르는 그녀가 격식 차린 얼굴을 보이는 상대이기도 했다.

"언니와 동행하는 건 네게도 좋은 일인 것 같은데."

그리고 무시할 수 없는 발언이 서론도 없이 나오니 순진한 라티나의 의식은 그레고르에게 완전히 향하고 말았다.

"예?"

"너와 데일은 약혼한 것 같지만 그건 세간에 알려지지 않았잖아?"

"……그건…… 네."

주변 친구나 단골손님 아저씨들은 아는 사실이다. 데일과 라티나를 『일반 서민』이라고 생각한다면, 두 사람 사이가 매우 달달한 것도 포함하여 혼약 사실은 두루두루 알려져 있다고 해도 좋다.

그러나 그레고르가 가리키는 『세간』이 사교계를 포함한 불특정 다수의 상대라면 『알려지지 않은 상태』가 될 것이다.

데일이 지닌 『백금의 용사』라는 영웅으로서의 이명은 너무나도 유명해졌지만, 사생활에 관해서는 『요정 공주』라는 연인이 있다는 것 말고는 알려진 바가 없었다. 그렇게 수수께끼가 많기에 음유 시인의 노래나 세간의 이미지가 점점 본래 모습과 동떨어진 존재로 미화되고 있었다.

반면, 창작이라고 생각할 수밖에 없는 초인적인 위업을 간단히 달성할 만한 힘을 가졌다는 것이 상황을 더욱 혼돈에 빠뜨리고 있었다.

"그래서 그런지 사교계에도 데일을 노리는 귀족은 그런대로 존재해."

"예?"

"나쁜 의미는 아니라고 잘라 말할 수는 없지만…… 재정적으로 풍부하고 종교계에도 발언력이 있는 티스로우와의 연결 고리를 바라는 자, 데일이 가지고 있는『백금의 용사』라는 명성에 눈독 들이는 자. 그런 상대가 데일을 포섭하려고 쓰는 상투적인 수단이 뭔지는 설명할 것도 없겠지."

그레고르의 담담한 음성에는 개인적인 감정이 별로 포함되어 있지 않았다. 그렇기에 과하게 강조하지 않고 상황을 객관적으로 설명하고 있을 뿐이라는 설득력이 느껴졌다.

데일을 노린다는 말에 창백해졌던 라티나는 그레고르의 말을 이해하면서 점차 얼굴을 붉혔다.

"하급 귀족뿐만 아니라 상급 귀족도…… 뭐, 가진 것이 가문 이름밖에 없는 자일수록 그런 경향이 있지만…… 데일 본인의 능력을 크게 사서 꼭 인연을 맺고 싶다고 요청하는 집안도 있어."

"데일은 저와 약혼했어요……! 데일은 그런 요청, 받아들이지 않아요."

조금 굳은 얼굴이 된 라티나는 그녀치고는 드물게도 약간 험악한 목소리를 냈다.

원래부터 라티나는 독점욕과 질투심이 남들보다 많았다. 그것은 어릴 때부터 변함없는 점이었다. 모든 것을 잃은 그녀가 가장 크게 의지할 존재였던 데일에게 의존하고 마는 것도 어쩔 수 없었고, 데일 또한 그것에 응답했기에 더욱 강해진 마음이었다.

평소에는 그녀의 그 의존하는 마음을 아득히 뛰어넘는 사랑을 듬뿍 받고 있기에 그다지 문제 행동으로 발전하지 않는 것이었다.

그런 라티나가 보기에, 자기가 모르는 곳에서 데일이 『귀족 사회의 아가씨』들에게 둘러싸여 있는 것은 재미있는 상상은 아니었다.

“물론 데일은 전혀 그럴 마음이 없어.”

친구의 결백을 분명히 말하고서 그레고르는 말을 이었다.

라티나의 반응은 예상대로였으나 이토록 솔직하게 드러내니 미안한 마음도 들었다. 하지만 양국의 우호를 추진하는 라반드국 상층부인 공작가의 일원으로서 『요정 공주』를 교류 자리에 끄집어내는 것은 큰 의미가 있었다. 그것을 위한 온건한 교섭 재료로 친구를 이용한 것은 역시 옳은 일이었다고 확신하기에 충분하고도 남을 만큼 솔직한 반응이었다.

물론 그레고르는 이런저런 귀족들이 제안하는 그런 이야기를 데일이 생각도 하지 않음을 잘 알고 있었다. 연하의 약혼자를 매우 사랑하는 데일에게 다른 여성을 짝지으려는 행위는 그것이 설령 정식 혼인 관계를 바라는 것일지라도 그를 격앙시키는 짓거리였다.

그러나 사실은 사실이었다.

“그런 족속은 데일에게 약혼자가 있음을 알아도 쉽사리 포기하지 않겠지. 평민 여성과의 약혼 따위 간단히 없던 일로 만들 수 있다고 생각하는 오만한 귀족도 없다고는 할 수 없어.”

불퉁. 어릴 때를 연상시키는 모습으로 라티나는 뺨을 부풀렸다.

사교계와 정치계를 살아가는 공작가 사람에게 순진한 그녀는 손쉽게 다룰 수 있는 상대였다.

“그런 무법자 같은 귀족도 상대가 바실리오의 동생 공주라면 손길을 뻗치지 않을 것 같다만.”

그 결과, 잔뜩 삐쳐 있던 『서민적인 소녀』는 스스로 고개를 끄덕여 동행을 승낙했다.

†

크로이츠의 영주인 클라인미펠 백작이 이웃 나라면서도 교류가 없었던 바실리오의 사절단을 최초로 환대하는 라반드국의 대표가 되었다.

크로이츠는 도시의 중심에 영주관을 비롯한 정치 시설이 모여 있다. 남문으로 크로이츠에 들어온 사절단은 그대로 영주관에 들어갔다. 미술품처럼 아름다운 차에 타고 있던 『황금의 왕』은 어두운 사 비단을 쓰고 있었던지라 백작도 아름답다고 소문난 존안을 볼 수는 없었다.

바실리오의 왕인『첫째 마왕』은 그 나라에서 가장 고귀한『보라의 신』 대신전의 주인이기도 하다.

『보라의 신』은 인간 사이에서는 그다지 신앙되지 않았고 종교 의식도 거의 알려지지 않았다. 바실리오의 풍습을 잘 모르는 만큼, 왕은 종교적 상징이기도 하므로 밖에서 자신의 모습을 드러내지 않는다고 하면 납득할 수밖에 없었다.

그러나 그것은 불특정 다수 앞에서만 그런 것이고 회담이나 연회에서는 꼭 그렇지만도 않은 모양이었다.

사절단의 안내 역을 맡은 것은 라반드국 재상인 에르디슈테트 공작가의 삼남이자, 영웅으로 이름이 높은 청년 검사였다. 그의 요청으로 환영 연회에는 사절단의 인원보다 두 명분 많은 자리가 마련되게 되었다.

그의 지기이자 맹우인『백금의 용사』는 모르는 이가 없는 영웅이었다.

그런 그가 바실리오 왕의 안내 역에 이름을 올린다고 한다.

그리고『백금의 용사』와 함께 온 아름다운 여인이라면 유명한『요정 공주』가 틀림없었다.

사절단 환영 연회에 모습을 나타낸『황금의 왕』과『요정 공주』를 본 백작은 무심코 숨을 삼켰다.

황금과 회색 눈동자 말고는 꼭 닮은 그 모습은 두 사람의 관계를 설명할 필요도 없게 만들었다.

아름답고 젊은 여왕과 동생 공주의 똑같이 생긴 반들반들한 검은 뿔에는 비슷하게 만들어진 수많은 보석이 반짝이는 이국의 섬세한 금은 세공이 걸려 있었다.

라반드국과는 전혀 다른 복식이지만, 정교하게 만들어진 허리띠도, 매끄러운 광택을 내는 의상도, 귀인에게 걸맞은 고급스러움을 아울러 갖추고 있었다.

“「***, ********.」”

황금색 눈의 왕이 한 말을 회색 눈의 아름다운 여인이 옆에서 통역했다.

“왕께서 환영에 감사의 뜻을 전하고 계십니다.”

상냥하게 싱긋 미소 짓는 그 모습은 나이 먹은 백작조차 매료하는, 그저 아름답기만 한 것이 아닌 매력을 겸비하고 있었다.

본디 타종족에게 우호적인 백작이지만 그는 새삼 생각했다.

『마왕』이라는 말에 무시무시함이나 두려움을 느끼는 많은 귀족과 사람들이 이 『요정 공주』를 보면 그 인식이 달라질 것이라고.

『황금의 왕』도 막상막하로 아름답지만, 한없이 부드러운 분위기를 지닌 동생 공주의 아름다움은 또 인상이 달랐다.

크로이츠의 치안 유지 부대인 헌병들도 연회의 호위로서 출석했으나 무심코 직무를 잊고서 넋 놓고 그녀를 보고 있는 듯했다. 하지만 그것을 책망하는 것도 너무한 일이라는 생각이 들 정도였다.

휴일을 반납하면서까지 이 경호 임무를 자주적으로 받은 자도 많다는 보고를 받았다. 일에 대한 병사들의 열정을 생각하면, 무심코 눈길을 빼앗긴 것을 직무 태만이라고 질책할 것까지는 없으리라.

헌병대의 책임자인 대장은 슬슬 은퇴할 나이인데, 마지막에 이토록 명예로운 임무를 맡아서 감개무량한 듯했다.

『요정 공주』에게 미소와 함께 직접 치하의 말을 받고 너무 감동한 나머지 손수건으로 눈물을 닦고 있었다.

검은 머리에 검은 옷을 걸친 『백금의 용사』와는 왕도에서 열린 야회에서 만난 적이 있어 면식이 있었다.

완벽한 라반드국식 예절로 인사말을 건넨 그는 지극히 자연스러운 동작으로 바실리오의 동생 공주를 에스코트했다.

공주의 긴 은백색 머리카락이 작은 움직임에도 반짝거리며 흔들렸다. 『용사』를 보며 신뢰 가득한 미소를 짓는 공주의 모습에서 『백금의 용사』의 『백금』이 무슨 뜻인지를 알 수 있었다.

『백금의 용사』와 『요정 공주』는 영웅담의 내용대로 정다운 사이인 모양이었다.

그렇다면 마왕인 『황금의 왕』과 『용사』가 지기인 이유도 명백했다.

재앙이라고 불렸던 마왕 토벌의 주역인 『용사』와 마왕의 동생 공주.

바실리오와 라반드, 양국의 새로운 관계를 상징하는 것 같은 존재였다.

클라인미펠 백작은 그렇게 생각했으나 현실은 역시 미묘하게 어긋나 있었다.

"더는 무리, 더는 무리, 더는 무리……."

“안 그렇다니까…… 제대로『공주님』답게 행동하고 있어.”

“크리소스, 끝까지 말을 모르는 척한다는 얘기는 못 들었어…….”

미소 지은 상태로 표정을 굳힌 라티나는 옆에 있는 데일에게 자신의 곤란한 상황을 필사적으로 호소했다. 데일은 왕도의 사교계에서 단련한 만들어낸 웃음을 유지하며 라티나를 작은 목소리로 계속 달랬다.

“「내가 서방대륙어에 정통하지 못하다고 하는 편이 여러모로 좋으니 말이지.」”

크리소스는 얼굴색 하나 변하지 않은 모습으로 아무렇지도 않게 말했다. 그러는 동안에도 라반드국 측의 인원을 면밀하게 관찰했다.『범고양이』에서 보였던 천진함은 모습을 감추고 일국의 왕에 걸맞은 의연한 인상으로 바뀌어 있었다.

“데일도 평소와 다르고…….”

“뭐…… 이런 자리에서 행동하는 것도 나한테는 일이라서 익숙하니까…….”

평소의 찰싹 달라붙은 거리감을 생각하면 떨어져 있기는 하나, 일반적으로 보면 충분히 친밀한 거리에서 두 사람은 대화를 나누고 있었다.

라티나는 바실리오의 동생 공주로서 공적인 자리에 모습을 드러내겠다고 각오를 다졌을 테지만, 서민적인 소녀에게는 역시 부담스러운 부분이 있었다.

†

이렇게 라티나가 영주관의 환영 연회에 나가게 되기 얼마 전…….

그레고르의 제안을 받고 라티나가 결심하자 상황은 정신없이 빠르게 진행되었다.

이미 사절단이 영주관에 도착한 이상, 유예는 없었다. 한시라도 빨리 이 태평하게 밖에 나와 있는 사절단의 책임자를 본래 위치로 돌려보내야 했다.

본래 『황금의 왕이 표면적으로 나설 수 없는 종교상의 이유』 따위는 없었다.

다만 그녀는 본국에서도 여전히 일반 사람들 앞에 공적으로 모습을 드러내지 않았다. 그것은 전적으로 경비상의 이유였다. 『둘째 마왕』이 건재할 때, 그녀는 최소한의 인원과만 접하며 별호 이외의 정보를 제한하여 외모는커녕 성별조차 숨겼다.

원수인 『둘째 마왕』이 토벌됐다는 정보와 함께 크리소스 자신의 정보가 사람들에게 알려지기 시작했으나 모든 것은 이제부터라고 할 수 있었다.

이번에는 그 상황을 적당히 이용하기로 한 것이다.

데일과 라티나는 크리소스가 앞으로도 자유롭게 돌아다니기 위해서 그러는 것이라고 생각했지만 굳이 지적하지는 않았다. 세간에 알려진 고명함과는 반대로 일반인으로 생활을 이어가는 그들 자신도 상황은 별반 다르지 않았다.

우선 비밀리에 마인족 사절단 몇 명이 『범고양이』에 찾아왔다.

본래 타국 사람이 손쉽게 『비밀리』에 움직일 수 있는 것은 문제가 많으나, 일행의 안내 역인 그레고르와 도시를 순찰하는 헌병대도 참가한 『비밀리』였다. 크로이츠의 수장인 백작에게는 미안하지만 이 혼돈한 상황을 고령의 백작이 알게 되면 졸도할 수도 있기에 진실은 어둠에 묻는 방향으로 진행되었다.

나타난 사절단은 라티나를 보자 무릎 꿇고 눈물을 흘렸다.

처음 보는 상대가 가게 한가운데서 뜬금없이 그런 행동을 하니 데일을 비롯하여 케니스와 리타, 단골손님들도 깜짝 놀랐다.

한편 라티나는 고개를 살짝 갸웃하고 있다가 뭔가를 떠올렸는지 깨달은 얼굴을 하고서 허둥지둥 그들 앞에 무릎 꿇고 손을 잡았다.

"「**********. ************.」"

"「****…… ****, ******.」"

"「***********…… ********.」"

울며 사죄를 되풀이하고 있는 듯한 상대에게 라티나는 조금 난처한 미소를 지으며 다정한 목소리로 말했다.

상황을 모르는 주위 사람들에게 설명을 해준 것은 크리소스였다.

"나와 플라티나의 부모님은 바실리오에서 그런대로 지위가 있는 자였다."

마왕 없는 바실리오의 최대 권위자인 최고위 신관과, 많은 실력자에게 『도사님』이라며 흠모받았던 교육자. 『그런대로』라는 형용사가 적절하다고 말하기는 어려웠다. 하지만 설명을 듣는 자들은 알 수 없는 사실이었다.

“플라티나의 추방이 결정됐을 때, 플라티나와 라그를 지키지 못하여 괴로워한 자도 많았다. 라그가 제자들에게 남긴 유언이 고국에 남아 나를 도우라는 것이었기에 그 뜻을 따랐다고 들었지만…… 그래도 줄곧 속을 끓였던 것이다.”

크리소스는 조금 슬픈 표정을 지었다. 자기 자신도 그러한 회한을 품고 있었음이 엿보이는 표정이었다.

아버지와 동생이 단둘이 고향을 떠난 것은 다름 아니라 왕이 될 자신 곁에 한 사람이라도 많은 아군을 남기기 위함이었음을 지금의 크리소스는 이해하고 있었다.

그렇기에 그 유지에 부응하고자, 젊은 왕이라고 미덥지 못한 상징이라고 얕보지 못하도록 하면서 자신들은 고국의 혁신을 추진하고 있는 것이었다.

“저번에 플라티나가 바실리오에 체재했을 때는 요양 중이기도 해서 일부 여관(女官)만 만났었지?”

“그랬지.”

라티나가 요양 중이었을 때 줄곧 그녀와 찰싹 붙어 있었던 데일도 그 말에는 긍정했다.

애초에 이 유감스러운 용사가 남들에게는 보여줄 수 없을 만큼 러브러브 모드였기에 라티나가 쾌차한 후로도 면회자를 제한할 수밖에 없었다. 그러나 크리소스는 그런 유감스러운 사정을 공적인 자리에서 발언하지는 않았다.

"이번에 내가 이 나라를 방문하기로 결정했을 때, 플라티나가 무사한지 직접 눈으로 확인하고 싶다는 자도 있었다. 그렇게 된 것이다."

아버지의 제자, 그리고 어린 쌍둥이를 돌봤던 여관.

한정된 자들과만 접하며 자란 쌍둥이 자매지만 그 얼마 없는 사람들은 죽은 부모가 특별히 신뢰했던 자들이기도 했다.

"나를 걱정했던 사람들이 있었어…… 그런 당연한 사실을 어릴 적의 나는 왜 눈치채지 못했던 걸까……."

덩달아 울컥했는지 살짝 눈물을 머금은 라티나의 모습에 단골손님 일부가 형편없는 미소로 답했다. 울적해지는 것은 자신들답지 않음을 알기에 보인 응답이었다.

"어릴 때는 원래 다 그런 거지. ……크리소스 말고도 너를 소중히 여기는 녀석이 있어서 다행이네."

"……응."

데일이 온화한 목소리로 말하자 라티나는 행복하게 미소 지었다.

크리소스와 똑같이 생겼으면서도 쌍둥이 언니보다 훨씬 온화하고 부드러운 라티나의 표정을 보고서 그녀가 결코 불행하기만 한 시간을 보내지 않았음을 깨달았을 것이다. 사절단 사람들의 눈물은 마를 기미가 보이지 않았다.

그런 점내 모습에 점주 부부는 작은 목소리로 대화를 나누었다.

"……책사네."

"뭐, 그쪽은 겸사겸사고 일부러 그런 건 아니겠지만……."

케니스와 리타의 중얼거림은 이 『감동의 재회』를 연출한 크리소스에 대한 것이었다. 약간 신랄한 내용이지만 쓴웃음을 머금은 두 사람의 표정에 악감정은 없었다.

크로이츠의 비영리 조직은 라티나에게 있어 최대 규모의『아군』이다. 진실로 그녀를 걱정하던 자가 마인족 중에 있었음을 그들에게 알리면 좋은 인상을 줄 수 있다.

바실리오와 라반드국의 교류가 시작되면 국경 바로 근처인 이 도시는 가장 중요한 지역이 된다. 그 도시의 주민이 마인족이라는 이 종족에게 호감을 가지고 있느냐 아니냐에 따라 상황은 전혀 달라진다.

적어도 무시무시한 외모와 어울리지 않게 이 가게의 간판 아가씨에게 약한 무리는 마인족 전반은 아니어도『크리소스의 부하 마인족』을 좋게 평가하게 될 것이다.

"자, 그럼."

상황을 정리하듯 크리소스가 목소리를 내자 눈물에 젖어 있던 사람들 중에서 여관들의 분위기가 바뀌었다.

"응?"

"나는 공약을 지킨다."

"응?"

그리고 라티나는 고개를 갸웃한 채 여관들에게 둘러싸였고, 크리소스의 지시로『범고양이』의 객실에 끌려 들어갔다.

이해하지 못한 라티나와 달리 크리소스의 말뜻을 헤아린 데일은 다른 의문을 품었다.

“……너는 괜찮아?”

“나는 딱히. 만찬에 참석할 때 갈아입으면 되겠지.”

데일의 물음에 크리소스는 간단히 대답했다.

아무래도 귀찮은 모양이었다.

준비를 마친 라티나가 모습을 나타낸 순간. 『범고양이』 점내는 아비규환이 되었다.

비참한 상황도 아니고 울부짖고 있지도 않으니 적절한 표현은 아니었다. 그러나 그 정도로 혼돈한, 표현하기 어려운 상황이었다.

일단 데일은 까무러쳤다.

즉사 공격이었다. (안 죽었음)

규격을 벗어난 최강의 용사에게 가해진 너무나도 엄청난 일격이었다. 말없이 몸부림치며 바닥을 탕탕 때렸다. 그러다 얼굴을 드는가 싶더니 멋진 일을 해줘서 고맙다는 것처럼 여관들을 향해 활짝 웃으며 엄지를 치켜들었다.

그래도 그는 세계적인의 영웅이었다. 유감스럽다는 말로는 부족한 모습이었다.

단골손님 아저씨들이 어땠을지는 가히 짐작이 갈 것이다.

이번에는 거기에 사절단의 남성 마인족들도 더해졌다. 그들은 어릴 적 모습이 남은 라티나의 성장을 느낌과 동시에 무녀 공주라고 불렸던 모친의 모습을 발견하고 재차 눈물에 잠겼다.

그리고 남자들은 다 함께 어여쁜 『요정 공주』의 모습을 감상했다. 정말 말이 필요 없었고, 종족과 세대의 벽도 없었다. 이 자리에 있는 자들은 한 가지 생각으로 결속되었다. 어떤 의미에서 매우 평화적인 광경일지도 몰랐다.

요정 공주라는 이명과 다르지 않은, 틀림없는『공주님』이 거기에 있었다.

공들여 빗겨진 백금발 위에서 일곱 빛깔 보석이 빛났다. 잃어버렸을 터인 검은 뿔에 걸린 금은 세공이 희미한 움직임에 짤랑거리며 소리를 냈다.

이국의 문양이 들어간 허리띠는 각도에 따라 색을 바꾸며 그것 또한 장식품으로서 큰 역할을 했다. 하늘하늘 흔들리는 바실리오 양식의 드레스는 몸매를 따라 부드럽게 떨어지며 여성의 아름다움을 부각했다.

"아아. 화장법도 다르네."

"확실히 분위기가 다른 것도 같은데, 화장이 달라서 그런 거야?"

"전혀 달라. 그렇구나…… 눈꺼풀과 뺨에 바르는 색도 반짝이는 걸 사용하네."

감탄한 리타가 눈여겨본 부분은 남성들과는 달랐다. 그리고서 리타는 둔한 소리를 하는 남편에게 어이없다는 눈길을 보냈다. 하지만 그녀가『어이없는 눈길』을 보내야 할 사람은 따로 있었다.

"이 정도 반응이라니, 데일에게 미리 보여준 건 정답이었을지도 몰라.”

“……그러네.”

영주관에서 열릴 환영 연회에서 이런 반응을 보인다면 대참사다. 『범고양이』의 점주 부부는 그런 생각을 하며, 정식으로 영주관에 가게 된 『백금의 용사』를 데리러 온 마차에 오르는 라티나와 데일을 배웅했다.

크리소스도 거기에 동승하여 영주관에 슬쩍 들어갈 계획이었다.

여담이지만 『정말 좋아하는 누나』가 예쁘게 차려입은 모습을 놓친 『범고양이』의 맏아들은 이날 밤새도록 울분을 발산하기 위해 날뛰게 되었다.

한층 더한 여담으로, 맏아들과 마찬가지로 놀러 나갔다가 라티나를 따라가지 못하게 된 충실한 마이페이스 멍멍이는 이 직후에 영주관 안에서 당연하다는 얼굴로 라티나 옆에 드러누워 있었다. 언제 온 건지, 뭘 어떻게 해서 들어왔는지 알 수 없었다. 빈트의 모습을 본 데일은 무심코 뿜었고, 그레고르도 기막히다는 표정을 지었다.

크로이츠에 들어왔을 때도 그랬지만, 이 마이페이스 멍멍이의 잠입 스킬은 장래가 두려운 수준이었다.

†

긴장의 극치에 있는 지금의 라티나는 만찬회의 진수성찬을 앞에 두고서도 들뜨지 않고 몹시 어색하게 포크와 나이프를 깨작깨작 다루기만 했다.

하지만 그것은 평소 모습을 아는 데일이라 그렇게 생각하는 것이었고, 무례한 인상을 주는 모습은 아니었다. 오히려 상류 계급다운 청초한 동작으로 보였다. 타고난 기품의 영향이 컸다.

그래도 라티나는 자신이 걱정했던 바는 기억하는지 요리가 차려질 때마다 언니와 사절단에게 원재료와 조리법을 가능한 한 설명했다.

"「플라티나가 걱정했던 식사도 이렇게 동석하니 전부 해결되지 않나.」"

"「모처럼 먹는 진수성찬인데 긴장해서 맛이 잘 느껴지지 않는 것도 아쉬워…….」"

자매가 나누는 대화는 마인족 언어라서 단어만 이해할 수 있는 데일은 뜻을 완벽하게 알아듣지 못했다.

그래도—.

'뭐라고 하는지는 모르겠지만 라티나가 유감스러운 말을 하고 있다는 건 예상이 가…….'

점잖은 표정을 아주 조금 풀고 쓴웃음을 지은 데일은 그렇게 독백하며 만찬회의 요리를 입으로 가져갔다.

“「으으…….」”

“「왜 그러한 표정을 짓지.」”

“「무슨 조미료를 썼는지는 대충 알겠어……. 하지만 뭔가 비법 재료가 있는 것 같아……. 그렇다고 물어보러 갈 수도 없고…….」”

“「플라티나의 그 버릇은 이쯤 되면 병의 일종이지 않은가?」”

“「하지만 밥은 만드는 법을 알면 직접 만들어 먹을 수 있는 걸……! 맛있는 밥은 중요해……!」”

‘아. 분명 속절없이 유감스러운 말을 하고 있을 거야.’

자매의 표정과 주변 사절단의 표정을 보고 대화 내용의 종류를 헤아린 데일은 풀 길 없는 기분을 느꼈다.

만찬회 후에는 환담 자리가 마련되었다.

서방대륙어를 모른다는 설정인 크리소스 옆에 통역가로 라티나가 자리했다. 두 사람을 익히 본 데일조차 아름다운 쌍둥이라고 솔직하게 생각했다. 클라인미펠 백작을 비롯하여 이 만찬회에 초대받은 크로이츠의 유력자들이 시선을 보내고 마는 것도 어쩔 수 없는 일이었다.

조금이라도 가까워지고 싶어서 다가오는 자들의 말을 라티나는 무던하게 받아넘겼다. 예전에 단기간이지만 로제에게 주입받은 숙녀로서의 행동거지도 크게 도움이 되었다. 조금 어색한 대답은 이국 사람이라는 이유로 상대방도 의심스럽게 여기지 않는 듯했다.

그래도 때때로 우는소리가 새어 나왔다.

“이만…… 돌아가고 싶어…… 집에 가고 싶어…… 그게 안 된다면 모포에 푹 파묻히고 싶어…….”

그녀는 어릴 때부터 무섭거나 불안정해졌을 때 모포 속에 파고들어 웅크리는 버릇이 있었다.

“이제 시작이야. 아직도 많이 남았어…….”

그 사실을 아는 데일은 쓰게 웃으며 그렇게 말했다. 그런 그를 라티나는 울상을 지으며 쳐다보았다.

라티나가 이런 얼굴을 하면 그녀에게 한없이 약한 데일은 어리광을 받아주며 위로하는 선택 말고는 할 수 없게 되어버린다. 평소처럼 꼭 끌어안고 위로해주려고 한 걸음 다가가려다가 뭔가를 말하고 싶어 하는 그레고르의 시선을 알아차렸다.

데일은 아무 일도 없었던 것처럼 다시 원래의 거리감을 유지했다.

“뭐, 라티나가 이런 상황에 익숙하지 않은 걸 아니까 나도 이렇게 옆에 있는 거잖아……. 크리소스의 말을 따라 하는 건 아니지만, 곤란할 때는 말을 모르는 척하며 미소로 얼버무리면 돼.”

라티나가 아련하게 미소 지으면 웬만한 상대는 입을 다물 것이라고 데일은 진심으로 생각했다.

그것이 전혀 가망 없는 일은 아닐 것 같아서 뭐라고 말하기 어려웠다.

그렇게 라티나를 어르고 달래며 시간이 지나자 백작의 신호로 관현악 음악이 바뀌고 무도회가 시작되었다. 홀 중앙으로 나온 화려한 차림의 남녀가 손에 손을 잡고 빙글빙글 경쾌하게 스텝을 밟았다.

온화하게 미소 지은 클라인미펠 백작의 권유를 따라 라티나는 크리소스와 함께 댄스홀이 잘 보이는 자리에 앉았다.

이국의 문화 중 하나로 무도를 감상하라는 배려인 듯했다.

딱히 춤추지 않아도 됨을 이해하고 라티나는 내심 안도했다. 그녀는 어릴 때부터 리듬감이 없었다. 이렇게 많은 사람 앞에서 댄스홀 중심으로 안내받았다면 실태를 넘어 추태를 보였을 것이다.

"「……말은 그렇게 하면서도. 재미없다는 얼굴이다, 플라티나.」"

"「그렇지 않아. 그림책으로 보고 꿈꿨던 광경인걸. 예쁜 드레스와 예쁜 사람들을 볼 수 있고…… 즐거운걸.」"

조금 심술궂은 음성으로 언니가 말하자 라티나는 춤추는 사람들에게서 시선을 움직이지 않으며 대답했다.

우아하게 춤추는 사람들에게서는 복잡한 스텝의 어려움 따위는 느껴지지 않았다. 그렇다고 쉬운 일일 리는 없다. 어려운 일을 어렵지 않은 것처럼 간단히 해내는 것이야말로 숙달의 증거였다.

흉내 낸답시고 불안한 스텝으로 저 속에 섞이면 순식간에 발이 꼬여서 넘어지리라. 자신의 상상에 기분이 울적해졌다.

채소 껍질은 빙글빙글 잘 벗길 수 있는데, 하고 라티나는 입술을 살짝 삐죽였다.

"「……춤출 수 없는걸. 무리인걸.」"

로제에게 예의범절을 배웠을 때도 역시 댄스 레슨까지는 받지 못했다. 무도회를 동경하는 마음은 있었지만 설마 이렇게 기회가 찾아올 줄은 꿈에도 몰랐다. 굳이 연습할 필요성을 찾을 수 없었으나 그래도 기초만이라도 배워뒀다면 또 상황이 달라졌을까.
그런 생각을 하며 살짝 불퉁해진 라티나의 시선 끝에는 데일이 있었다.
기본적으로 라티나 곁에서 떨어지기 싫어하는 데일이지만 입장상 아무래도 몇몇 영애와 춤출 필요가 있었다. 원래부터 사교계에 이름난 데일이 더욱 유명해졌기에 발생하는 일이었다.
처음 보는 표정을 짓고서 모르는 여성의 손을 잡은 데일의 모습에 라티나의 가슴이 아주 조금 죄어들었다.
"「일이니까 어쩔 수 없다고 알고 있는걸. 어린아이처럼 투정 부리지 않는다, 뭐.」"
아까부터 말투가 퉁명스러운 것만 봐도 라티나가 토라진 것은 분명했다.
크리소스는 어이없어하며 동생을 보았다.
"「저토록 노골적으로 얼굴에 『사교적 의례』라고 써 붙이기도 힘들 것 같다만…….」"
만들어낸 웃음임을 숨기려 들지도 않는 표정으로 판에 박힌 대답만 하는 데일의 모습에서는 자신을 라티나 곁에서 떼어내려고 하는 상대를 향한 불쾌감이 여실히 드러나고 있었다.
그래도 표면상으로는 예절을 지키며 트집 잡힐 만한 실수는 저지르지 않았다.
재주도 좋다고 여기며, 크리소스는 데일의 분명한 의사 표시를 보면서도 불만스러워 보이는 동생의 모습에 둘 다 근본적으로는 닮았을지도 모르겠다고 생각했다.

†

크로이츠를 떠난 사절단은 왕도로 향하게 되었다.

데일은 여태껏 몇 번이나 지났던 길이지만, 예전에 왕도에 갈 때 빈트를 타고서 하늘길로 이동했던 라티나는 처음 지나는 길이었다.

『숲』을 빠져나와 가도를 따라 마을에 들를 수 있게 되었기에 물자 보급을 걱정할 필요가 없어졌다. 그래서 마수가 끄는 아름다운 차는 본래 역할인 귀인 운송 임무를 맡게 되었다.

여유로운 승차감을 지닌 호사스러운 차내는 바깥과 차단된 자매의 사적인 공간이 되었다. 호위도 없어서 자매 두 사람만의 편안한 분위기를 자아냈다. 당연하다는 듯 따라온 멍멍이가 좌석 밑에 드러누워 있는 것도 그런 분위기에 영향을 주었다.

때때로 꼬리를 살랑 흔드는 충견은 유능한 호위이기도 했다. 이 정도 호위가 붙어 있다면 굳이 다른 이를 이 자리에 대기시킬 필요가 없었다.

"「으음…… 역시 어렵네…….」"

"「확실히 난해하기는 하나 법칙을 외우면 조금 알 것 같다……. 라티나, 이게 맞는가?」"

"「어어…… 여기 철자가 조금 틀렸어……. 어학 공부도 꽤 재밌다. 이참에 나도 『동방제국어』 공부를 시작해볼까…….」"

그리하여 쌍둥이 자매는 차내에서 공부 모임을 열고 있었다.

긴 이동 시간을 수다만 떨며 보내기에는 아깝다고 판단한 것이다.

라티나는 마인족 언어를 말할 수 있지만 읽고 쓰지는 못했다. 표의 문자인 마인족 언어의 문자 수는 방대했고 매우 복잡한 문법으로 짜여 있었다. 어릴 때 고향을 떠난 라티나는 문자를 배우지 못했다. 아무리 라티나가 똑똑해도 배울 기회가 없었던 것은 어쩔 도리가 없었다.

크리소스 또한 인간족의 말인 『서방대륙어』를 공부 중인 몸이었다. 대화는 제법 능숙하지만 문자는 아직 배워가는 도중이었다.

그래서 두 사람은 서로 가르쳐주는 형태로 글공부를 시작한 것이다.

그것을 들은 그레고르는 열심히 공부한다며 감탄했으나 데일은 어이없다는 얼굴이 되었다. 기본적으로 이 자매는 뭔가 의미 있고 능률적인 행동을 해야만 마음이 안정되는 일 중독자들이었다.

마수가 끄는 차를 이용하는 것은 크리소스와 라티나 두 사람이고, 다른 사절단의 사람들은 라반드국이 준비한 마차에 나눠 타서 이동했다.

길 없는 길을 지나와야 했던 크로이츠까지의 여정과는 달리 이제부터는 왕도까지 가도가 정비되어 있어서 마차 이동이 가능했다. 또한 장기간 여행 중인 바실리오 측을 위한 라반드국 측의 배려이기도 했다.

데일과 그레고르는 호위가 주된 임무이기에 말에 타고 일행을 따랐다.

안 그래도 눈길을 끄는 아름다운 차에 더하여 도보로 따르는 호위병의 존재도 어우러져서 어떻게 봐도 일반적인 대상 행렬과는 다른 분위기를 자아냈다. 지휘관의 능력도 갖춘 그레고르와 단독으로는 틀림없이 최강인 데일의 엄중한 경계도 과하다고는 하기 어려웠다.

하지만 걱정했던 것처럼 반우호파가 습격할 기미는 없었다.

양국의 우호적인 교류를 주도하고 있는 것은 재상인 에르디슈테트 공작이다. 그레고르의 친아버지인 공작 각하가 국빈을 맞이하면서 그런 추태를 허락할 리가 없었다.

그리고 습격자들은 알지 못할 사실이지만, 습격이 발생하면 『백금의 용사』라는 생물 병기의 오버킬 섬멸이 일어날 뿐이다.

사절단 일행에게 검을 겨누는 것은 늘 언니 옆에 있는 라티나에게 검을 겨누는 것과 같다. 새삼 말할 필요도 없이, 『지키는 것』에서 자신의 의의를 찾는 데일이 가장 지키고자 하는 소중한 존재가 라티나였다.

본래 능력을 과잉 출력으로 발휘하여 싸움에 임할 것이 뻔했다.

그런 사정을 고려하면 사전에 습격이 일어나지 않도록 손을 쓴 공작의 행동은 인도적인 의미에서도 옳은 일이라고 할 수 있을지도 몰랐다.

크로이츠와 왕도 사이에는 마을이 여기저기 흩어져 있다.

일반 여행자가 크로이츠에서 왕도로 갈 때는 승합 마차를 갈아타며 근 일주일에 걸쳐 이동하게 된다. 정비된 가도를 따라 위치한 마을들은 여행자를 상대하는 시설도 충분하다. 승합 마차에서 자거나 노숙할 필요도 없이 여관에서 쉴 수 있게 일정이 짜였다.

사절단 일행이 그날의 숙박지가 될 마을에 도착할 때마다 환대 연회가 열렸다.

국빈을 맞이하는 라반드국으로서는 당연한 대응이었고, 각 마을을 관리하는 영주에게도 당연한 일이었다.

그리고 그런 환대가 이어진 결과, 라티나는…….

"……이 차 안도 충분히 넓으니까 나는 여기서 잘 수 있을 것 같아……."

—그렇게 틀어박히는 것을 검토하기 시작했다.

"기분을 모르는 바는 아니지만, 안 돼."

"밖에서 자는 것도 괜찮아. 평소와 달라서 즐거울 거야."

"안 된대도……"

"데일과 함께라면 안심인걸. 그러니까……."

"……."

"아니, 여기선 마지막까지 확실하게 타일러야지."

끝내는 마음의 평안을 우선하여 야영을 제안하는 『공주님』의 어리광에, 입장상으로도 안전상으로도 있을 수 없는 일이라며 타이르고 있었을 터인 데일은 간단히 넘어갈 뻔했다.

늘 데일에게 가차 없이 태클을 거는 그레고르의 역할은 주위 사람들이 인식하는 것보다도 중했다.

명색이나마 『공주님』인 자가 이토록 서민적인 사고에 푹 잠겨 있을 줄은 양국도 예상하지 못했을 것이다.

그래도 무슨 일이든 솜씨 좋게 해내는 라티나는 어떻게든 하루하루를 소화했다.

하지만 역시 피로는 축적됐는지 왕도에 도착했을 무렵에는 녹초가 되어 있었다.

물론 육체적인 것보다도 정신적인 문제였다.

그렇게 내면은 완벽하게 서민적인 라티나지만 본인이 생각하는 것 이상으로 주위의 평가는 좋았다.

각 마을에서 환대를 받을 때마다 라티나는 딱딱한 미소를 가면처럼 쓰고서 대응했으나 그것은 평상시의 그녀를 알기에 파악할 수 있는 것이기도 했다.

데일이 보기에 라티나는 긴장의 극치에 달하여 딱딱한 미소를 지은 채 앉아 있었다. 하지만 그러한 사실을 모르는 자에게는 아련한 분위기를 풍기면서도 확실하게 언니를 보좌하는 나긋나긋하고 어른스러운 동생 공주로 보였다.

옆에 있는 크리소스가 당당하게 왕의 카리스마를 내뿜고 있는 점도 크게 작용했다. 이 자매는 외모는 매우 닮았음에도 불구하고 분위기는 전혀 달랐다. 받는 인상의 격차가 크기에 아련한 분위기가 더욱 강하게 느껴졌다. 게다가 『영웅담의 여자주인공』에 걸맞은 가련한 모습이기도 해서 주위 사람들은 멋대로 그녀를 곱게 자란 공주님이라고 생각했다.

연회 한편에서 수심에 잠긴 모습은 라반드국 남성들의 보호 본능을 불러일으켰다.

소문 자자한 그녀의 수호자 『백금의 용사』가 옆에 없었다면 신봉자를 자칭하는 사람들이 줄지어 머리를 숙였을지도 모른다.

"데일……."

"응?"

"냄비 닦고 싶어……."

"주위에 들릴지도 모르는 곳에서 그런 발언은…… 안 하는 게 좋을 것 같아."

실제로 그녀가 『수심』에 잠겨 생각하는 것은 이런 유감스러운 내용이었지만, 그것은 연회 참석자들이 모르는 일이었다.

"「냄비를 뽀득뽀득 닦고 싶어…… 청소라도 좋아…… 바닥을 닦고 싶어. 반짝반짝하게 왁스 칠을 하고 싶어…… 저기 있는 메이드 언니들 속에 섞여서 주방을 왕복하는 것도 좋아…….」"

"나도 일상 언어로서 『마인족 언어』를 배워야겠다고는 생각하지만…… 라티나가 무슨 말을 하는지 모르는 채로 있는 것도 괜찮을 것 같아……."

현실은 역시 주변 사람들이 생각하는 이미지와 크게 동떨어져 있었다.

결과적으로 엄청난 피로에 시달리며, 그것 때문에 주위 사람들을 타박하지도 않은 라티나는 왕도에 도착했을 때 완전히 녹초가 되어 넋이 나가 있었다.

거기서 라티나를 기다리고 있던 것은 그녀가 잘 아는 인물이었다.

그녀의 예의범절 스승이기도 한 로제였다.

로제는 라티나와 우호적인 사이면서도 데일처럼 그저 어리광을 받아주지 않는 엄격함도 함께 지닌 여성이었다.

왕도의 에르디슈테트 공작가에서 축 늘어져 멍하니 있던 라티나 앞에 선 로제는 온화한 미소를 지은 채 먼저 그녀의 이름을 불렀다.

"라티나 양."

"넵!"

로제의 목소리에 잠재한 냉기. 그 예리함을 민감하게 알아차린 라티나는 뒤집힌 목소리로 대답하며 등을 꼿꼿하게 세웠다.

옆에 있던 데일은 두 사람 사이에서 군부의 상관과 부하 같은 관계를 느꼈다.

"여기서는『라티나 양』이라고 부르겠어요."

로제가 그렇게 운을 뗀 것은 지금 라티나의 입장이『바실리오 국주의 동생 공주』라는 귀인이기 때문이었다. 하급 귀족 출신인 로제가 이웃 나라의 동생 공주라는 귀한 신분의 상대에게 훈계하는 것은 본래 있을 수 없는 일이었다.

그러나 라티나는 물론이고 크리소스도 로제와는 개인적으로 친한 사이였다. 크리소스를 섬기는 바실리오 측 여관과 호위도 바실리오를 찾아왔던 로제와 면식이 있기에 그녀를 꾸짖지 않았다.

그리고 본래 예의범절에 엄격한 로제가 라티나를 『공주님』으로 취급하지 않겠다는 뜻을 밝힌 것에도 물론 의미가 있었다.

“앞으로 폐하도 알현해야 하는데 그렇게 얼빠진 모습으로 있어서야 되겠나요.”

“저기…… 저기…… 로제 님…….”

“언니분은 라반드국의 매너를 모르십니다. 그것을 무지하다고 깔보는 족속도 있을 겁니다.”

로제는 완전히 매너 교사로서 지도를 시작하고 있었다.

깊은 남색 눈동자가 강한 의지를 담고서 똑바로 라티나를 응시했다.

“언니분을 옆에서 지켜드릴 수 있는 건, 바실리오와 라반드, 양국에 관해 아는 라티나 양밖에 없습니다.”

‘그렇게 중대한 책임을 지닌 역할은…… 무리예요…….’

“우는소리를 늘어놓을 때가 아닙니다.”

“네!”

도중에 라티나가 속으로 중얼거린 말에도 로제는 확실하게 못을 박았다. 라티나의 너무 솔직한 성격도 한몫하여 심정이 매우 알기 쉽게 얼굴에 드러났기 때문이다.

로제는 약간 스파르타 기질이 있는 엄격한 스승이었다.

“그래서 그레고르 님의 누님이신 파냐 비전하의 다과회에 라티나 양과 함께 갈 생각입니다.”

“네?”

“안심하세요. 파냐 님은 제게 예의범절을 가르쳐주신 분이고, 라티나 양의 사정도 어느 정도 알고 계십니다."

어릴 때부터 에르디슈테트 저택에 드나들었던 로제를 특히나 예뻐했던 것이 그레고르의 이복 누나인 파냐였다.

바실리오의 동생 공주임이 판명되기 전부터 라티나의 이름은 공작가 직속 계약자인 『용사』 데일이 애지중지하는 수양딸로서 공작가 관계자들 사이에 퍼져 있었다.

결혼하여 집을 떠난 파냐지만, 친아버지가 국가의 재상이기도 해서 집과 아예 소원해진 것은 아니었다.

"파냐 님이라면 라티나 양의 『복습』에 어울려주실 겁니다."

"흐아…… 아…… 저기, 로제 님……."

도망칠 수 없음을 알아차린 라티나는 빠르게 좌우로 시선을 보냈다. 그런 동생을 힐끔 보고서 크리소스는 아무렇지도 않게 말했다.

"나는 지금부터 라반드국 측과 협의하고 최종 조정에 들어가기에 플라티나와는 한동안 헤어지게 된다."

표면상으로는 『서방대륙어』를 모른다는 설정인 크리소스로서는 어떤 의미에서 당연한 대응이었다. 어디에 관계자의 눈이 있을지 모르는 왕도나 왕후 귀족의 저택 내에서는 여태껏 그랬던 것처럼 라티나와 함께 유람하는 기분으로 있을 수 없었다.

본심이 어떠하든 간에 지금의 크리소스는 공인으로서의 자세를 최우선으로 삼고 있었다.

"……너희 누님인 파냐 비전하가 황태자비였던가?"

"일단 폐하는 아직 후계자를 지명하지 않으셨으니 제2 왕자비지."

"여러 가지로 미심쩍은 이야기가 있을 것 같으니 말이야……."

"실질적으로 여성 중에서는 왕비 전하 다음가는 권력자라고들 해."

데일이 싫다는 얼굴을 한 것도 무리는 아니었다. 제2 왕자가 가장 유력한 차기 국왕 후보라는 것부터가 어떤 의도가 작용하고 있다는 뜻이었다. 또한 원래대로라면 진작에 후계자를 지명해야 했는데 계속 뒤로 미루고 있는 것도 싫은 상상을 뒷받침했다.

복마전이라고 불리는 것도 어쩔 수 없었다. 일반 서민의 생활이 분수에 맞는다고 생각하는 데일로서는 본래 엮이고 싶지 않은 세계였다.

그리고 그것은 서민적인 사고를 지닌 라티나에게도 마찬가지였다.

데일과 그레고르의 인물 설명은 라티나의 마음을 진정시키기는 커녕 정반대로 작용했다.

엄청난 거물과 만난다는 것을 이해하고 라티나는 동요하며 어쩔 줄을 몰랐다.

그것은 감점 행동이었다.

로제는 완벽한 숙녀의 미소를 지은 채 라티나를 똑바로 응시했다.

"확실하게, 복습할 필요가 있겠네요."

"흐아…… 아…… 자…… 잘 부탁드립니다……."

이리하여 라티나는 상상도 못 했던 갑작스러운 스파르타 매너 특훈을 받게 되었다.

로제에게 안내받아 라티나가 방문하게 된 곳은 왕궁 한편, 제2

왕자비인 파냐가 관리하는 구역이었다. 왕궁 한편이라고는 하지만 제2 왕자 일가가 지내는 독립된 저택 형식이었다.

평상시 라티나라면 그림책 속에서 본 듯한 아름다운 호화 저택의 모습에 입을 벌리고서 산만하게 주위를 두리번거렸을 것이다.

그러나 라티나는 매너 특훈이라는 본분을 잊지 않고서 침착하고 고상한 태도를 무너뜨리지 않았다.

미소 짓고 있음에도 온도가 느껴지지 않는 로제의 남색 눈동자가 진심으로 무섭기 때문이기도 했다.

시종에게 안내받아 향한 곳은 제철 꽃들이 흐드러지게 핀 아름다운 정원이었다. 색조까지 완벽하게 계산되어 다양한 종류의 꽃들이 심어져 있었다. 정원에 설치된 장식인 철책과 아치조차 훌륭한 조화를 이루고 있었다.

"흐아……."

너무나도 아름답고 향기로워서 라티나는 무심코 작게 한숨을 흘렸다.

"로제 님."

"왕궁 안에서는 저보다도 라티나 양의 신분이 높아요. 제게 존댓말을 하는 태도를 보여서는 안 됩니다."

"으음…… 로제 님은 제게 마법 스승님이기도 하니까…… 하지만 조심할게요."

근본적으로 예의가 바르기에 어렵다는 반응을 보이는 라티나의 모습에 로제도 쓴웃음을 지었다. 그런 로제에게 라티나는 말을 이었다.

"바실리오의 신전에는 이렇게 꽃이 활짝 핀 정원이 없으니까…… 크리소스도 이런 곳에 초대받을 기회를 만들 수 없을까?"

"아아. 그쪽은 건조 지역이죠. 역시 꽃이 피는 장소는 없는 건가요?"

"『주황의 신』의 제사 의식 등에 쓸 수 있게 키우는 곳은 있을 테지만…… 역시 그건 한정적이라서…… 이렇게 많은 꽃에 둘러싸여 즐기는 일은 없어."

"그렇다면 파냐 님께 말씀드려 보기로 하죠. 앞으로 바실리오에서 온 손님을 맞이할 때 참고하실지도 몰라요."

평상시 라티나의 모습이 살짝 엿보이기는 했지만, 정원에 마련된 정자에서 두 사람을 맞이하는 인물을 확인했을 때 라티나는 등을 꼿꼿하게 폈다.

거기 있던 여성은 그레고르와는 별로 비슷하지 않았다. 벌꿀 같은 황금색 머리카락도 그렇고, 달걀형 얼굴도 그렇고, 그야말로 무인다운 예리함과 이국적 기운을 아울러 지닌 그레고르와는 분위기가 상당히 달랐다. 그래도 미형이라는 점 하나만큼은 공통적이었다.

그렇게 별로 닮지 않은 남매이긴 하지만, 의지가 강해 보이는 눈이 보기 드문 아이스 블루 빛임을 깨달은 라티나는 안도하고 납득했다. 지인과 연관된 증거를 발견한 심경이었다.

"이렇게 초대해주셔서 진심으로 감사드립니다."

하늘하늘 흔들리는 바실리오 양식의 치마를 아주 살짝 집어 들고서 정원의 주인을 향해 인사했다. 라반드국의 드레스처럼 풍성한 드레이프가 있는 것도 아니기에 소극적인 동작이 되어버렸지만 눈앞에 있는 여성은 기분 상한 모습도 없이 매우 즐겁게 미소 지었다.

"소문대로 요정처럼 사랑스러운 공주님이군요."

대답하기 곤란하여 미소 짓는 라티나 대신 로제가 그 말을 받았다.

"파냐 님. 이분이 플라티나 무트 코리 모브 공주입니다. 이번에 이렇게 제 무리한 부탁을 들어주셔서 진심으로 감사드립니다."

라티나는 데일의 고향인 티스로우에서 『무트』라는 역할명을 받았다. 그것은 데일이 가문명 대신 쓰고 있는 『레키』와 비슷한 것이니 그녀의 본명인 플라티나와 합쳐서 그녀는 『플라티나 무트』라고 이름을 밝혀야 한다.

바실리오의 마인족은 가문명을 가지지 않는다. 다만 모계 사회이기도 해서 모친의 이름을 붙여 『○○의 아이』라고 밝히는 것이 일반적이었다.

그래서 로제는 라티나를 바실리오의 양식에 따라, 『서방대륙어』식 발음이지만, 『모브의 딸』이라는 어구를 붙여서 소개한 것인데 당사자인 라티나는 어리둥절했다.

그것이 자신을 가리킨다는 것을 이해하기까지 넉넉히 두 호흡분의 시간이 필요했다.

본래는 애칭이었을 터인 『라티나』라는 호칭에 완전히 익숙해진 데다가, 서민 동네에 사는 그녀는 정식으로 가문명까지 붙여서 자기소개를 할 필요가 없었다. 자신의 본명이 그런 형식이 된다는 것을 이때 새삼 자각한 것이다.

참고로 크리소스는『크리소스 바실랴스 코리 모브』라고 왕임을 나타내는 어구를 넣은 이름을 쓰고 싶어 했다. 바실리오에는 본래 그런 형식이 없지만, 라티나의『무트』가 티스로우라는 집단 안에서의 역할을 나타낸다는 것을 알자 자신의 이름 안에도 비슷하게『왕이라는 역할』을 나타내는 어구를 넣고 싶어 한 것이다.

똑같이 맞추는 게 좋다는 모양이다. 그녀의 시스콤도 확고했다.

"내 이름, 그렇게 되는구나……."

"라티나 양?"

"아무것도 아니에요."

무심코 튀어나온 중얼거림은 허둥지둥 얼버무렸다.

"그럼 폐하와의 알현에 대비하여 인사를 연습하죠. 제후와의 인사말은 파냐 님께서 자세히 가르쳐주실 거예요."

"예전부터 로제에게 듣고 한번 만나보고 싶었어요. 배우는 게 무척 빠르다고 칭찬했거든요."

생긋 웃은 파냐의 말은 순수한 호의에 기반한 것이었으나, 겨우겨우 표정을 감춘 라티나의 등에는 식은땀이 줄줄 흐르고 있었다.

'너무 기대하지는 말아주세요…….'

그렇게 독백하는 그녀는 역시 서민적인 사고방식의 소유자였다.

그리고 우아하고 화려한 미모를 지녔으며 태도도 상냥하지만 파냐는 역시 로제의 스승이었다.

이후 라티나는 일단 숙녀의 인사를 철저히 몸으로 익혔다. 튼튼한 종족인 마인족이고『범고양이』의 간판 아가씨로서 매일 바쁘게 움직이는 라티나여도 가혹하다고 말할 수밖에 없는 시간이 흘렀다.

화사한 현장 분위기와 달리 완전히 운동부식 지도였다.

그리고 라티나의 다리가 후들후들 떨리기 시작했을 무렵, 그녀는 마침내 차를 마시며 쉴 수 있게 되었다.

"기본적인 예의범절은 익히고 있는 모양이네요."

"감사합니다."

파냐에게 합격점을 받은 라티나는 다기를 들며 미소로 대답했다.

질 좋은 찻잎으로 정성껏 끓인 차는 잡미가 적고 화려한 풍미가 느껴졌다. 제공된 과자도 단맛을 과하게 억제하지 않은 것이 차와 함께 먹을 때의 균형을 잘 고려한 일품이었다.

그리고 부스러기 하나 흘리지 않도록 먹는 동작에 온 신경을 집중하고 있는 라티나는 맛과 재료에 의식을 기울일 수 없는 것에 마음속으로 눈물을 흘렸다.

"하지만 역시 이국의 복장으로는 라반드국의 예의범절을 소화하기 어려운 면이 있네요."

"파냐 님도 그렇게 생각하셨나요? 바실리오의 복식도 대단히 아름다워 참석자들에게 보이는 것도 좋을 것 같으니…… 어려운 문제지만요."

그렇게 대답한 로제에게 파냐는 못된 장난이라도 떠올린 것처럼 짓궂은 표정을 지었다. 다과를 꾸민 섬세한 데커레이션만이라도 눈에 새기려고 의식을 기울이고 있던 라티나는 그런 두 사람의 눈빛 교환을 알아차리지 못했다.

"크리소스 임금님과 플라티나 공주는 아주 많이 닮은 자매라고 들었습니다만?"

"네. 그리고 두 분은 정말로 사이가 좋으시니 의상을 맞춰 입고 나란히 서시면 제후들 사이에서 화제의 중심이 될 거예요."

"물론 그런 기회도 만들기로 하죠."

왕도에서 라티나가 『공주님』으로서 사람들 앞에 나설 일이 야회 한 번으로 끝나지 않으리라는 것을 넌지시 시사하고 있었다.

"그렇다면 정원에서 사절단을 맞이할 수 있을까요? 바실리오는 환경이 한정적이기도 해서 이런 정원은 매우 신기하게 느껴질 테고 기뻐할 거예요."

"어머. 그건 좋은 생각이네요."

오랫동안 파냐가 로제를 친동생처럼 예뻐했기에 두 사람의 대화는 실제 신분 차이가 그다지 느껴지지 않을 만큼 친근했다.

아까 라티나가 꺼냈던 요청을 로제에게 전달받은 파냐는 웃는 얼굴로 흔쾌히 허락하며 자신의 시녀를 불렀다.

향후 예정을 조정하라고 짧게 명했다.

"폐하를 알현한 후 그레이트 홀에서 열릴 연회 때는 일부러 다른 복장을 하는 것도 인상을 강하게 남길 수 있을 것 같네요. 모처럼 우리나라의 예의범절을 익혔으니 그걸 선보이는 것도 좋지 않을까요."

생긋 미소 짓는 파냐 앞에서도 라티나는 자신에게 다가오는 사태를 눈치채지 못했다.

파냐는 어린 로제가 사랑스럽다며 옷 갈아입히기 인형처럼 꾸몄던 전과가 있는 인물이었다.

라반드국식 예의범절을 한층 더 연습하려면 일단은 드레스를 착용해야 한다는 논점 앞에는 일국의 공주에게 걸맞으면서 『백금의 요정 공주』라는 이명을 더욱 인상 깊게 연출할 의상을 골라야 한다는 전제 조건이 붙는다.

"라티나 양은 부드러운 색조의 옷을 좋아하지만 짙은 색을 입으면 더 빛날 거예요."

"바실리오는 『보라의 신』을 신봉하는 나라죠? 보라색이 좋을지도 모르겠네요. 맞다, 언니분이 입으실 옷과의 조화도 생각해야겠죠."

"……응?"

신나게 대화를 나누는 로제와 파냐의 모습을 마침내 알아차린 라티나는 이후 자신에게 일어날 일은 상상도 못 한 채 그저 고개를 갸웃했다.

샹들리에가 그레이트 홀을 휘황찬란하게 비추었다.

복잡한 커팅과 연마, 섬세한 세공이 들어간 샹들리에는 그것 하나만으로도 이 나라의 번영과 풍요를 나타냈다.

사치스러운 왕성 안에서도 귀빈을 대접하기 위해 마련된 그레이트 홀의 호화로움은 특출났다. 외교라는 전쟁에서 국력을 알리는 무기 중 하나이니 그럴 만도 했다.

라반드국에서 귀한 색으로 여기는 것은 주신 『빨강의 신(아흐마르)』의 색깔인 빨간색이다. 이 그레이트 홀에도 차분한 색조의 짙은 빨간색과 그것과 상성이 좋은 금색이 배분되어 있었다.

천장을 장식하는 것은 국가의 건국 설화를 바탕으로 한 회화였다. 웅장하면서도 시원시원하게 국가의 영화를 구가하고 있었다.

그레이트 홀 자체가 예술품 같은 완성도를 가진 공간이었다.

거기서 개최된 바실리오 사절단 환대 연회는 정식 국교가 시작되기 전이기도 해서 소규모로 열리게 되었다.

하지만 그것은 어디까지나 참가하는 인원이 한정적이라는 의미였고, 참석자의 신분도 연회의 호사스러움도 라반드국의 번영을 타국에 보이기에 걸맞은 것이었다.

그런 라반드국 측도 그레이트 홀에 함께 입실한 바실리오의 『황금의 왕』과 그 동생인 『백금의 요정 공주』를 봤을 때는 감탄의 한숨을 흘리지 않을 수 없었다.

아름다운 이국의 의상을 걸쳤으면서도 긴 백금발과 강한 의지를 상징하는 황금색 눈동자가 무엇보다도 눈길을 빼앗는 언니 왕, 그리고 언니와 똑같은 아름다운 백금발을 높이 묶어 올리고서 라반드국식의 짙은 색 드레스를 입고, 제후의 인사에 완벽한 예절로 대답하며 언니에게 그것을 전하는 동생 공주. 존재 자체가 어떤 장식품이나 미술품 못지않게 아름다운 자매였다.

그런 두 사람 뒤에는 비공식 사절로서 바실리오에 갔었던 로제가 서서 제2 왕자비인 파냐와 『황금의 왕』의 담소를 통역했다.

라반드국에서도 손꼽히는 미녀로 유명한 두 사람이 함께 선 모습은 그 공간을 이 자리에서 가장 화려한 장소로 바꾸었다.

그리고 그렇게 아름다운 여인들이 모인 모습을 보고서 데일은 떨어진 곳에서 중얼거렸다.

"……생각했던 것보다 라티나는 더 대단하단 말이야……."

"옆에 안 있어도 돼?"

그런 데일에게 공작가의 일원으로서 예복을 차려입은 그레고르가 말을 걸었다.

"웬일로 옆에 안 붙어 있냐고 말하고 싶은 거면 확실하게 말해."

두루뭉술하게 말한 그레고르에게 뚱한 눈길을 보낸 후, 데일은 다시 라티나를 보았다.

어딜 어떻게 봐도 완벽한『공주님』이었다.

평소 모습을 잘 아는 데일조차 라티나가『공주님』으로 보이니 대단한 일이었다.

저 아름다운 공주님이 사실은 냄비 닦기를 취미의 일종으로 생각하는 서민적인 소녀라고는 도저히 생각할 수 없었다.

"복습이니 특훈이니 했지만…… 원래 그런 속성 과외로 어떻게 할 수 있는 게 아니잖아."

"아련한 인상과 달리 배짱이 있어서 그렇지 않을까."

"뭐…… 작고 귀여웠을 때부터 험상궂은 아저씨들한테 전혀 겁먹지 않았으니 배짱은 두둑하겠지……."

한숨을 쉬며 데일이 머릿속에 떠올린 것은 어젯밤 라티나의 모습이었다. 그녀는 할당받은 왕궁 객실에서 이불을 뒤집어쓰고 훌쩍거리고 있었다. 정신력과 집중력을 다 쓴 결과, 어릴 때로 약간 돌아가 버린 것 같았다.

장소가 장소인 만큼 자중하자고 데일이 생각하기도 전에 어화둥둥 딸바보 모드가 되어버릴 수밖에 없는 기진맥진한 모습이었다. 그녀에게 부과됐던 『특훈』이 얼마나 가혹했는지 엿보였다.

실제로는 『특훈』뿐만 아니라 몇 종류나 되는 드레스를 수없이 입고 벗은 피로도 상당했다.

즉, 오늘 라티나가 착용한 드레스는 수많은 시착 끝에 결정된 대여 드레스였다. 빌려 입은 드레스라는 생각이 들지 않을 만큼 라티나에게 딱 맞게 조정된 것은 파냐가 데리고 있는 침모들의 실력이 얼마나 좋은지를 증명했다. 하지만 그래도 평소에는 입지 않는 보정 속옷을 착용할 필요는 있었다. 여러 시녀가 허리를 꽉꽉 조였을 때는 이 시녀들 중에 『용사』가 있다면 『마왕(자신)』을 물리칠 수 있을 것이라고 라티나가 생각했을 정도였다.

마왕의 사인이 코르셋인 전례는 없다. 실현된다면 아마 앞으로도 일어나지 않을 희귀한 사례가 될 것이다.

그리고 다행인지 불행인지 데일은 파냐를 만나러 간 라티나가 단독 패션쇼를 벌였다는 사실을 몰랐다. 직접 봤다면 그는 이 나라의 요인들이 보고 있다는 것도 잊고서 유감스러운 모습으로 까무러쳤을 것이다. 보지 못한 상태에서 그 사실을 안다면 못 본 것이 분해서 귀찮게 투정을 부릴 것이다.

모르는 채로 있으면 어쨌든 평소의 모습은 유지했다.

그 부분을 조절한 것은 물론 로제의 판단이었다. 정확한 대응이었다.

"그리고…… 무엇보다도…… 저기, 무서워."

"……뭐, 확실히 그렇지."

두 남자가 위축된 모습을 보인 것은 저곳이 궁중의 축소판과 같은 여자들의 전쟁터이기 때문이었다.

시녀처럼 따르면서도 실제로는 라티나를 엄격하게 채점 중인 로제는 새삼 말할 것도 없었다. 궁중 사람들은 남녀 구별 없이 서로의 일거수일투족에 빈틈없는 눈길을 보내고 있었다.

크리소스와 파냐는 표면상으로는 즐겁게 담소하고 있는 것처럼 보였다.

하지만 물론 그게 다일 리가 없었다. 이야기하는 동안에도 파냐는 주위의 자국 귀족들을 견제하면서, 라반드국 귀족 사회를 모르는 라티나를 비롯한 바실리오 측에 대한 배려를 잊지 않았다. 그것은 이웃 나라와 우호적인 관계를 맺어 자신의 위치를 더욱 공고히 하기 위한 제2 왕자비로서의 공무를 소화하고 있는 것이기도 했다.

그런 라반드국의 여걸 상대로 크리소스는 자국의 이익을 훼손하지 않을 라인을 판별하며 양국의 우호를 위한 사자 역할도 실수 없이 해내고 있었다.

라티나가 『공주』로서 공무를 수행하기 위해 섞여 있는 공간은 그런 무시무시한 장소였다.

데일은 입장상 요구되는 행동이 있긴 하지만 본래 야산에서 검을 휘두르는 쪽이 성격에 맞았다. 그렇다 보니 위축되는 것도 어쩔 수 없다고 할 수 있었다.

“누님도 『황금의 왕』 폐하와 가까워지게 돼서 만족스러운 모양이야.”

누나의 모습을 보고 그레고르는 단언했다. 그러는 그의 얼굴에도 자진해서 저곳에 다가가고 싶지는 않다는 마음이 얼핏얼핏 나타났다. 명가에서 태어난 그레고르는 데일보다도 사교계를 가까이 접하며 자랐지만 역시 무인으로서의 삶에 무게를 두고 있었다.

그런 두 사람은 비슷한 타이밍에 길게 한숨을 쉬었다.

“……뭐, 내가 근처에 있으면 아무래도 라티나의 긴장이 풀려버릴 테니까…… 그래서 조금 떨어져 있는 것이기도 해.”

어리광쟁이인 라티나가 그런 본연의 모습을 내보이고 마는 첫 번째 상대는 데일이었다. 현재 라티나는 매우 긴장한 상태 이지만 데일이 옆에 있으면 그런 긴장의 끈이 끊어져버릴 수도 있었다.

“그리고 라티나의 그런 귀여운 부분을 아는 건 나만의 특권인 편이 좋아.”

역시 데일은 어느 때든 한결같았다.

훌륭할 정도였다.

그리하여 라티나는 때때로 발휘되는 천연 어리바리 성분을 드러내는 일 없이 바실리오의 공주님으로서 역할을 끝냈다.

당사자의 머릿속에는 시종 울먹이며 파들파들 떠는 새끼 토끼가 자리 잡고 있었다. 그런 이미지로 상징되는 당사자의 심경은 주위 사람들이 알 수 없는 사항이었다.

교류 없는 이국땅의 언어와 풍습에 정통한 박식한 공주.

객관적으로 봤을 때의 그러한 평가를 라티나 본인만이 몰랐다.

데일도 라반드국 내의 사교계에서 천정부지로 상승 중인 『백금의 요정 공주』에 대한 평가를 굳이 본인에게 알려주려고 하지는 않았다.

"끝났다…… 끝났어……."

여전히 이국의 장공주임에도 불구하고 에르디슈테트 공작가의 주방 구석에서 울며 홀린 듯이 은 식기를 천으로 닦는 라티나를 봤기 때문이기도 했다.

라반드국에서도 손꼽히는 귀족가의 주방은 역시 어디든 깔끔하게 정돈되어 있어서 닦을 맛이 나는 눌어붙은 냄비는 존재하지 않았다.

'……한계였구나…….'

그런 라티나의 모습을 보고 데일도 덩달아 울컥하여 눈시울이 뜨거워졌다.

†

그렇게 무사히 라반드 국왕과의 알현을 끝내며 사절단 역할을 매우 잘 마쳤어도 라티나가 『공주님』으로서 왕도에서 할 일이 끝난 것은 아니었다.

그중 하나가 크로이츠에서 그레고르가 단골손님들에게 말했던 일이었다.

에르디슈테트 공작가가 비호하는 초상화가가 바실리오의 국주와 동생 공주가 아름다운 쌍둥이 자매라는 것을 듣고 흥미를 가졌다는 것이다.

예전에 에르디슈테트 공작가에 체재했을 때 라티나는 초상화의 모델이 된 적이 있다. 공작가처럼 유력한 귀족은 능력 있는 예술가를 후원하고 육성하는 것을 당연한 일로 여겼다. 그중 한 사람이 『환수를 거느린 소녀』라는 신화나 영웅담의 한 장면 같은 광경에 감명을 받아 꼭 그리고 싶다고 했던 것이 이유였다.

"응~? 어…… 혹시……."

"아는 사람."

"아…… 역시 전에 봤던 사람이지?"

"맞다."

그레고르의 소개로 만나게 된 초상화가가 낯익은 것 같아서 라티나가 빈트에게 묻자 빈트는 간결한 말로 긍정했다.

역시 왕궁에 따라갈 수는 없었기에 공작가의 정원 등에서 마이페이스로 지냈던 빈트는 오랜만에 라티나가 관심을 가져줘서 척 보기에도 기분이 좋았고 꼬리도 살랑살랑 바쁘게 흔들렸다.

"음?"

고개를 갸웃한 크리소스에게 라티나가 보충 설명을 곁들였다. 옛날을 생각하며 조금 쑥스럽게 미소 지었다.

"예전에 빈트랑 같이 그려주셨어. 조금 부끄러웠지만 예쁘게 그려주셔서 기뻤어."

"음."

크리소스의 반응을 보건대 아무래도 흥미를 느낀 듯했다.

바실리오의 왕이라는 귀한 신분인 크리소스가 싫다고 거부 반응을 보이면 초상화는 그릴 수 없다. 제1 조건을 클리어하여 화가의 표정에 안도가 서렸다.

초상화와 직접적으로 상관없는 입장인 데일은 자매가 대화하는 모습을 바라보며 「그건 그렇고」 하고 생각했다. 새삼스럽지만, 크리소스의 대답은 한없이 짧을 때가 많았다. 그런데도 어째선지 충분히 의사소통이 이루어지고 있으니 참 묘한 일이었다.

"냄새, 조금 이상하다."

"냄새…… 아, 물감 냄새일까?"

"좋지도 싫지도 않다."

"흔치 않은 대답이군."

빈트의 대답이 예상외였는지 크리소스가 재미있는 것을 본 듯한 표정을 지었다.

"그러고 보니 크리소스, 너 일단은 『서방대륙어』를 못 쓴다는 설정이었을 텐데 이렇게 태평하게 말해도 되는 거야?"

문득 알아차린 데일이 묻자 이에 불만스러운 얼굴을 한 것은 마이페이스 멍멍이 쪽이었다.

"마인족 나라말, 모른다. 싫다."

"나와 플라티나만의 대화라면 딱히 문제는 없다만."

"아니다. 싫다."

"그레고르 님도 공작님도 크리소스가 사실은 『서방대륙어』를 할 줄 안다는 걸 알고 계시고…… 새삼 못 하는 척할 필요도 없을 것 같아서."

마이페이스 멍멍이의 자기주장은 격렬했다. 아무래도 자기를 빼놓고 라티나와 크리소스만 이야기하는 것은 허락할 수 없는 듯했다. 무시당하는 기분이 드는 모양이었다.

"라반드 국내에 바실리오의 문화를 전하는 매개체로도 도움이 되겠지."

그레고르가 제시한 초상화를 그려야 할 이유에는 크리소스도 납득했는지 고개를 끄덕였다.

"그건 나의 목적과도 일치한다. ……그렇군."

그리고서 손가락을 하나 척 세웠다.

"플라티나와 함께 그릴 것. 그리고 내게도 헌상할 것을 조건으로 삼는다면 흔쾌히 응하겠다."

"크리소스?"

"함께 살 수는 없지 않나. 플라티나를 떠올릴 추억거리 정도는 바라도 되겠지."

언니가 그렇게 토라진 듯이 말하니 라티나는 부끄럽다고 말할 수 없게 되었다. 옆에 있던 데일이 손뼉을 짝 쳤다.

"모처럼 그리는 거니까 라티나도 복제품을 받아서 곁에 두고 보면 되지 않을까? 서로 똑같이 하나씩."

"그냥 네가 곁에 두고 보고 싶은 건 아니고?"

"나는 진짜 라티나가 언제나 옆에 있어주는 쪽이 좋아."

"내가 보기에도 지금의 너는 조금 문제가 있는 것 같아."

그레고르가 질렸다는 얼굴로 쳐다봐도 데일은 꿈쩍도 하지 않았다.

그러한 이유로 공작가 체재 중에 크리소스와 라티나의 초상화가 그려지게 되었다. 바실리오 양식의 호화로운 의복을 입고, 헌상품과 사절단의 장비로 지참한 도구를 배경에 배치했다.

왕이 직접 바실리오의 광고가 된다는 목적도 있어서, 이 그림 한 장으로 풍속 일부분을 소개하는 카탈로그 역할을 할 수 있도록 꾀한 것이다.

"음……?"

화가 앞에 나란히 선 두 사람을 본 데일이 고개를 살짝 갸우뚱했다. 그리고 곧장 자신이 품은 의문의 답을 깨닫고 반대로 더더욱 고개를 갸웃하게 되었다.

"웬일로 다른 의상을 입었네."

크리소스가 희망하기도 해서, 라반드국에서 열린 연회에 참석할 때 두 사람은 대부분 똑같은 의상을 맞춰 입었다. 그랬는데 이번에는 색조가 크게 다른 옷을 입고 있었다.

"나랑 크리소스의 이름에는『백금』과『황금』이라는 의미가 있는데."

라티나가 입은 짙은 남색 의상은 얇은 천을 여러 장 겹쳐서 깊은 색상을 만들어내고 있었다. 제일 위쪽 천에 수놓인 은실 자수는 이국정서가 듬뿍 느껴지는 문양을 섬세하게 그려냈다.

“마인족의 문자는 글자 하나하나에 의미가 있어. 그래서 마인족의 문자로 나타낸 『백금』과 『황금』이라는 글자에는 일부에 『달』과 『해』의 문자 형태가 포함돼.”

“즉, 나와 플라티나의 이름에는 『황금의 왕』과 『백금의 공주』라는 별호의 의미와 동시에 『태양』과 『달』이라는 의미도 포함되어 있는 것이다.”

라티나의 설명을 이어받은 크리소스는 눈동자 색과 비슷한 황금색 의상을 입고 있었다. 많은 천이 겹쳐진 치마는 조금씩 짙은 색으로 물들였는지 화려하게 펼쳐지는 옷자락 주변은 노을빛에 가까운 색조였다. 자수 등의 장식이 덜한 대신 바실리오 특유의 비즈를 엮은 액세서리와 금팔찌로 몸을 꾸미고 있었다.

“그렇군, 달이 뜬 밤하늘과 새벽하늘의 색인 거네.”

납득한 모습인 데일을 보며 크리소스는 악랄하게 씩 웃었다.

“우리나라의 문화를 전할 거라면 다양한 의상을 제시해야 하고, 이러한 의미가 있다면 화제성도 있지 않겠나.”

크리소스의 계략은 성공했다.

이국정서가 물씬 풍기는 풍속과 함께 그려진 아름다운 쌍둥이 자매의 초상화는 새로운 것에 민감한 라반드국 귀족 사이에 화제를 제공했고, 소품과 장신구가 유행하게 되었다.

초상화 자체도 귀한 물건이 되어서 화려한 자매를 꽃송이에 비유한 선전 문구와 함께 복제품이 퍼지게 되었다.

그 유행은 귀족 사회뿐만 아니라 일반 백성들 사이에서도 퍼져나갔다.

어디라고 콕 집어 말하지는 않겠지만 그것은 크로이츠 일부에도 유통되게 되었고, 그 과정에서 데일은 선전 문구의 내용을 알게 되었다.

—바실리오에 지보(至寶) 있으니. 태양의 꽃과 달의 꽃, 두 개의 꽃. 즉, 『쌍화(雙花)』라고 칭송되는 가장 고귀한 보물이라.

아니, 그중 한쪽은 본국에 없는데.

무심코 태클을 건 데일의 행동도 어쩔 수 없었다.

하지만 본국에 있는 『꽃』이 본국에 없는 『꽃』을 가장 소중한 보물이라고 칭하는 것은 틀림없는 사실이었다.

그리고 데일은 초상화가 이토록 대대적으로 세상에 유통되었다는 것을 새삼 라티나에게 전하지는 않았다.

숨긴다고 현실이 뒤집히지는 않지만, 서민의 사고를 지닌 그녀 마음의 안녕을 위해 일을 시끄럽게 만들지 않기로 한 것이다.

데일 자신이 가볍게 현실에서 도피한 것이기도 했으나, 그것도 어쩔 수 없는 일이었다.

†

일련의 예정을 끝낸 사절단은 라반드국의 문화를 배우고 양국의 우호를 앞서 다지는 임무를 무사히 마쳤다.

일행은 가도를 돌아가 크로이츠를 거쳐 바실리오에 귀환하게 되었다.

올 때와 다른 점이라면 『황금의 왕』이 대역이 아니라 본인이라는 것이었다.

마수가 끄는 아름다운 차는 크로이츠 밖 가도에 정차해 있었다. 클라인미펠 백작의 환대를 받고 바실리오로 돌아가는 일행은 크로이츠 주민들의 주목을 모았지만 그것도 도시 밖으로 나오니 잠잠해졌다. 호위 병사들에게 둘러싸인 차 안에서는 크리소스가 농성 중이었다.

"크리소스……."

차 밖에서 낮은 목소리를 낸 데일을 크리소스가 노려보았다.

양팔로는 라티나를 꽉 끌어안고 있었다. 손을 떼면 다시 헤어진다는 것을 이해하기에 하는 저항이었다.

"……미안해, 크리소스……."

그런 언니를 향해 라티나가 속삭인 것은 사죄의 말이었다.

"……플라티나가 바실리오에 돌아가기 싫어하는 것도 어쩔 수 없다."

동생의 말뜻을 올바르게 이해하고 크리소스는 긍정의 말을 꺼냈다.

라티나에게 고향(바실리오)은 돌아가고 싶어지는 장소는 아니었다.

자상했던 부모님은 이미 세상에 없고, 신전 안쪽에서 숨어 자란 그녀에게는 친한 지기도 없었다.

상냥하고 따뜻한 기억보다도, 추방되어 불합리하게 모든 것을 잃은 슬픈 기억이 더 강한 장소였다.

그렇기에 크리소스는 자신이 왕으로서 나라를 바꾸겠다고 생각하고 있었다.

그리고 그러기까지 시간이 걸린다는 것도 이해하고 있었다.

"플라티나를 맞아들일 수 있는 곳으로 반드시 만들겠다."

"있지, 크리소스…… 나는 언젠가 반드시 크리소스 곁으로 갈 거야. 나랑 데일에게는 아마도 그러는 편이 나을 테니까."

『마왕』과 그 권속인 『마족』의 수명은 인간족과 비교할 수도 없을 만큼 길다.

본디 가진 수명이 긴 마인족의 나라 쪽이 여러 가지로 불편 없이 살 수 있을 것이다. 라티나는 그렇게 생각했다.

"그러니까 진짜 『이별』은 아니야."

"알고 있다. 그리고 보고 싶으면 내가 오면 되지."

"저기, 크리소스. 임금님이 그렇게 간단히 다른 나라에 와도 되는 거야?"

크리소스의 발언에 라티나는 진지한 얼굴이었다.

'말도 안 되지…….'

사이좋은 자매의 이별 장면에 대한 배려로 데일은 속으로만 지적했다.

"플라티나가 바실리오에 돌아올 수 없는 이상, 우리가 잠시라도 함께 보내려면 내가 나올 수밖에 없지 않나."

"그런가…… 미안해, 크리소스……."

'납득하지 마.'

소리 없는 데일의 지적은 전달되지 않았다.

너무 순진한 것도 몹시 문제였다.

"하지만 다음에는 오기 전에 제대로 연락해줘."

"나의 동향은 기밀이니 어렵다."

"오는 건 당연한 거냐."

결국 참지 못하고 데일이 중얼거렸다. 그러나 아무도 신경 쓰지 않았다.

동향이 어떻고를 따지기 전에, 한 나라의 주인이 변두리 술집에 체재하는 쪽이 문제라는 것을 이 자매는 마지막까지 언급하지 않았다.

라티나와 크리소스는 서로서로 손을 잡고 이마가 닿을 정도로 얼굴을 가까이 붙였다. 똑같은 색깔의 백금발이 비슷하게 스르르 흘렀다.

"너무 열심히 하거나 무리하지 마."

"플라티나야말로 오로지 무탈해야 한다."

"크리소스도."

서로가 서로를 걱정했다. 그리고 두 사람은 동시에 작게 웃었다.

"「*****.」"

"「**********.」"

속삭임을 주고받은 후, 아쉬워하며 두 사람의 손이 떨어졌다.

기다리는 데일 옆에 선 라티나는 미안해하는 얼굴로 그를 올려다보았다. 하지만 그녀가 뭐라고 말을 꺼내기도 전에 데일이 조금 투박한 동작으로 그녀의 머리를 쓰다듬었다.

억지로 지금 기분을 말로 표현하지 않아도 된다고 자신을 어르고 있음을 깨닫고 라티나는 울먹울먹 웃으며 데일을 보았다. 이에 데일은 쓴웃음으로 답했다.

마수가 걷기 시작했다.

차바퀴가 묵직하게 천천히, 그러나 확실하게 움직여 나갔다.

지금의 라티나와 비슷한 표정을 짓고 있는 크리소스의 얼굴이 점점 멀어졌다. 그리고 곧 보이지 않게 되었다.

그래도 라티나는 줄곧 그대로 일행을 배웅했다. 한마디로 표현할 수 없는 슬픔이 그 등에 감돌았다. 데일은 그런 그녀의 어깨를 살며시 끌어안았다.

"……돌아갈까."

"응……."

쓸쓸하게 미소 짓는 라티나를 재촉하듯 어깨를 안은 손에 힘을 주고서 데일도 미소 지었다.

그리고서 크로이츠에 돌아가고자 발길을 돌렸다.

『당연』한 일상을 당연하게 되풀이한다. 그런 가장 행복한 시간을 보내기 위해 데일과 라티나는 『일상』으로 돌아갔다.

하지만 선언한 대로 모 마왕이 변두리 술집의 단골손님 명부에 이름을 올리게 되는 것도…… 그리 머지않은 미래의 일이다.

2. 절친과 변하는 『매일』. 백금의 아가씨와 후일담.

갑작스러운 언니의 내방과 그에 따른 공주님 업무 때문에 정신없었던 라티나도 마침내 안정된 모습을 보이게 되었다.

매일 『범고양이』의 일을 소화하면서 테오와 에마의 누나이자 언니로서도 빈틈없이 역할을 다했다.

어릴 적에 매일 읽었던 그림책과 좀 더 자라서 자신의 마음을 투영하며 읽었던 연애 소설에 나왔던 공주님을 동경하지 않았다고 한다면 거짓말이다.

하지만 역시 동경은 동경에서 그치는 편이 좋다고 지금의 라티나는 솔직한 감상을 품고 있었다. 자신이 고귀한 출생이고 세계 규모 영웅의 약혼자이자 수많은 소녀가 동경하는 영웅담의 여주인공이라는 것은 의식 속에 없는 듯했다.

그리고 더욱 본심을 말하자면 바실리오의 사절단 일행이 나눠준 그 나라의 주식 곡물을 이용해 케니스가 고안한 레시피 쪽이 그녀에게는 훨씬 중대한 관심사였다.

"보리랑 비슷한 종류의 식물인 것 같기는 한데."

"굉장해…… 먹을 수 있어……."

"라티나도 얇게 구워봤다고 했잖아. 유지를 더해서 반죽한 다음에 구워봤어. 스튜 종류랑 같이 먹으면 나쁘지는 않을 거야.”

크레이프보다 두꺼운 반죽은 향긋하고 바삭하게 구워졌을 뿐만 아니라 촉촉하고 부드럽기까지 했다. 그냥 굽기만 해서는 이렇게 되지 않는다. 한입 시식하고 음미하며 라티나는 바로 그 사실을 깨달았다.

케니스는 간단히 말했지만 이 맛에 도달하기까지 몇 번이나 시작품을 만들었을지 알 수 없었다. 그런 스승에 대한 존경을 더욱 강하게 품으며 라티나는 고향의 식자재도 제대로 노력을 들이면 먹을 수 있음이 증명된 것에 눈물을 흘렸다.

눈물이 끊임없이 줄줄 흘러내렸다.

케니스는 조금 질겁했다.

“역시 제대로 요리하면 다르구나……. 조리 개념은 있지만, 개념밖에 없는 게 문제였던 거야…….”

“바실리오는 그걸로 정말 괜찮은 건가.”

“맛있는 음식은 퍼졌으면 좋겠지만, 그러려면 식량 자급률과 수입량을 늘려서 유통량 자체를 늘려야 하는 것 같아. 누군가가 『맛있는 밥』을 독차지하려고 들면 많은 사람이 굶주리게 되니까.”

“그건…… 어쩌면 일부러 맛없는 채로 둬서 소비량 자체를 낮췄던 걸지도 모르겠네. 고육지책이었던 것이 오랜 세월과 함께 정착되어버린 건가.”

라티나는 그날 데일의 저녁밥에 케니스가 만든 바실리오 보리빵을 슬쩍 더했다.

데일은 희한하다는 반응을 보였지만 마지막까지 그 정체를 알아차리지 못했다.

그리고 라티나도 그 정체를 언급하지 않았다.

당연한 하루.

별반 다를 게 없는 행복한 나날.

마침내 그런 일상으로 돌아왔다고 생각했던 라티나는 오랜만에 느긋하게 만날 수 있게 된 절친 앞에서 반음 올라간 얼빠진 소리를 냈다.

"뭐?"

옛날처럼 자기 방에서 라티나를 맞아들인 클로에는 놀라서 굳은 라티나 앞에서 차를 홀짝였다. 그것만으로는 손이 심심한지 침대 커버를 의미도 없이 만지작거렸다.

"어? 어? 클로에? 무슨 뜻이야?"

어떻게든 정신을 차린 라티나는 성대하게 물음표를 뿌렸다.

"무슨 뜻이냐고 해도…… 말 그대로라고 할 수밖에 없는데……."

클로에는 살짝 시선을 방황하면서 조금 전 그녀를 얼어붙게 만들었던 말을 되풀이했다.

"결혼하게 됐어."

"어느새 그렇게 된 거야?!"

라티나의 외침은 바깥에도 들릴 만큼 울려 퍼졌다.

『당연』하다고 생각하고 있어도 역시 세상은 변해가는 모양이다.

라티나와 클로에는 상당히 오래된 친구다.

라티나에게 클로에는 처음으로 생긴 친구였다.

고향 바실리오에서 생활할 때, 라티나에게는 친구라고 부를 존재가 없었다. 주위에 있던 것은 부모님과 관련 있는 어른들과 시종뿐. 그래도 반쪽인 크리소스가 있었기에 같이 놀 상대가 없어서 곤란하지는 않았고 외로움을 느끼지도 않았다.

고향에서 추방되어 반쪽과 헤어지고 부모님의 보호도 잃었다. 모든 것을 잃은 라티나는 데일에게 보호받은 이후 크로이츠에서 얻게 된 모든 것이 전부 둘도 없이 소중했다.

아직 『서방대륙어』에 서툴러 더듬더듬 말하던 자신을 깔보지도 차별하지도 않고 받아들여 준 절친의 존재도 둘도 없이 소중한 것 중 하나였다.

다른 아이들 사이에 낄 수 있었던 것도 클로에 덕분이었고, 노는 법도 장난도 전부 클로에에게 배웠다. 건강하고 즐거운 어린 시절의 추억은 전부 클로에의 기억과 함께 있었다.

그리고 클로에는 라티나가 연애를 상담하는 상대이기도 했다.

어릴 때부터 줄곧 데일 상대로 품고 있던 마음은 절친에게는 숨길 필요가 없는 마음이었고, 사랑에 빠진 소녀는 좋아하는 사람과 있었던 멋진 이야기를 누군가에게 말하고 싶어서 입이 근질근질한 법이었다.

그러나 한편으로 그런 이야기는 라티나가 일방적으로 할 뿐이었다.

클로에에게 연애 이야기를 들은 적은 거의 없었고, 그녀 주위에서 연애 이야기는 전혀 발생하지 않았다.

절친의 갑작스러운 결혼 이야기에 라티나는 동요를 숨기지 않았다.

"어? 맞선이라도 본 거야?"

너무 갑작스러운 이야기에 상상할 수 있는 이유를 꺼내자 클로에는 우물쭈물 부정했다.

"아니…… 그런 건 아닌데……."

민망한지 클로에는 쑥스러워하는 표정을 지었다.

본인에게도 자신은 이런 연애 이야기를 하는 타입이 아니라는 자각이 있었다.

"그럼 클로에, 상대는 누구야……?"

라티나의 상체가 점점 앞으로 나오고 마는 것에도 이유가 있었다.

그녀는 어릴 때부터 데일을 한결같이 좋아했고, 마음이 통한 이후로는 약혼자가 된 데일에게 듬뿍 사랑받고 있었다. 나고 자란 환경도 바실리오에서는 보기 드물게 부모님이 둘 다 갖춰진 환경이었고, 돌아가신 부모님은 매우 온화하고 금실 좋은 관계였다. 늘 보고 있는 『범고양이』의 케니스와 리타 부부도 사이가 양호했다.

그러한 성장 배경도 있어서 라티나는 비교적 연애 지상주의적인 면이 강했다.

그런 그녀가 처음으로 듣는 절친의 연애 이야기에 흥미를 느끼지 않을 리가 없었다.

"그게…… 루디의……."

"루디?"

"아니, 루디는 아니야."

"응. 그건 아닐 것 같아."

본인이 없는 곳에서 너무한 이야기였다.

"루디의 동료인데……."

"그럼…… 헌병?"

클로에의 말에 라티나는 고개를 갸웃했다. 『범고양이』의 단골손님 중에는 헌병대에 소속된 자도 많다. 그중 한 명일까, 한 사람 한 사람 얼굴을 떠올리며 생각했다.

"『범고양이』의 손님은 아니야. 그 가게에는 높은 사람이 많아서 가기 어렵다고 했어."

단골손님 중에는 대장을 비롯하여 실력에 자신 있는 헌병대 상층부가 이름을 올리고 있다. 평범한 감성을 지닌 자라면 발길이 멀어져도 어쩔 수 없는 일이었다. 하지만 너무나 매력적인 간판 아가씨와 만나기 위하여 그것을 극복하기에 이른 자들도 적지는 않았다.

"그렇구나……."

납득한 후, 라티나는 다시 클로에를 보았다.

"그건 그렇고, 정말 어느새 그렇게 된 거야? 그리고……."

거기서 아주 잠시 말을 끊은 라티나의 얼굴에는 복잡한 서운함이 어려 있었다.

"어째서 가르쳐주지 않은 거야……?"

절친의 연애 이야기를 제일 먼저 듣는 사람은 자신일 것이라고 생각했었다.

근거는 없지만, 절친이니까 그러하리라 여겼었다.

아니면 그렇게 생각했던 것은 자신뿐이고, 어쩌면 클로에는 애초에 자신을 절친이라고 생각하지 않을지도 모른다.

그렇게 점점 좋지 않은 방향으로 생각하고 마는 것은 라티나의 나쁜 버릇이지만, 그것은 오랫동안 『절친』으로 지낸 클로에도 잘 알고 있는 사항이었다.

그래서 클로에는 단순 명쾌한 대답을 라티나에게 말했다.

"가장 상담하고 싶었을 때 행방불명됐던 사람이 어디 사는 누구더라……?"

"죄송합니다, 죄송합니다, 죄송합니다……."

찔리는 구석이 너무 많았다.

라티나와 데일이 약혼한 시기는 라반드국 여성의 결혼 적령기와 비교해도 약간 빨랐다. 하지만 지금은 그로부터 몇 년이 지나서 결혼해도 전혀 이상하지 않을 나이가 된 상태였다.

그런 『한창때』 절친 옆에 없었던 것은 자신의 책임임을 라티나는 확실하게 자각하고 있었다.

"그래도 무슨 계기로 그렇게 된 거야?"

"……뭐, 처음에는 일 때문에 교류가 있는 섬유 도매상 사람하고 선볼 예정이었지만…… 그때는 가끔 만나고 있던 그 사람이 맞선

같은 거 보지 말라고 해서…….”

클로에는 허둥지둥 사과하는 라티나를 살짝 심술궂은 얼굴로 본 후에 얼굴을 풀었다. 약혼자와 연애하기 시작한 계기를 이야기하면서도 속으로는 안도했다.

결혼 상대와 친해진 계기는 라티나가 행방불명된 사건이었다.

그때까지는 연애와는 상관없이 이따금 얼굴을 보고 인사할 뿐인 사이에 불과했었다.

라티나가 행방불명되고 데일도 모습을 감추자 『춤추는 범고양이』의 단골손님들은 일어나 버린 일을 파헤치기 위해 각기 자신이 할 수 있는 범위에서 행동을 개시했다.

소꿉친구인 루돌프도 그중 한 명이어서, 크로이츠를 뛰어다니며 문지기에게 들은 목격 정보를 중심으로 『라티나와 똑 닮은 여성』이라는 중요해 보이는 인물을 조사했다.

또 다른 절친인 실비아도 크로이츠, 더 나아가 라반드국 밖으로 나가서 라티나를 찾아다녔다.

거리에 사는 평범한 일반인인 자신은 할 수 있는 일이 아무것도 없었다.

어릴 때부터 알고 지낸 소중한 절친인데 아무것도 할 수 없는 자신이 너무나도 싫었다. 괴로웠다.

『재앙의 마왕』 때문에 세계정세가 위태로워지자 헌병들과 모험가들은 자신의 몸을 던져 치안을 유지했다.

그때도 자신은 아무것도 할 수 없었다.

적어도 자신이 할 수 있는 일이 뭘까.

그렇게 생각했을 때, 발은 자연스럽게 신전으로 향했다.

다 같이 밤 축제에도 갔었던, 이 나라의 주신인 『빨강의 신』의 신전에서 자신의 정의를 위해 검을 든 자들이 무사하길 기도했다. 영웅으로 이름을 떨치고 있는 절친의 그이가 무사히 승리하여 돌아올 수 있기를 바랐다. 절친들과 가까운 신인 『초록의 신(아크다르)』의 신전에도 발이 닳도록 다녔다. 이곳저곳을 뛰어다니는 절친이 무사하길 기도했다. 그리고 무엇보다도 여행자를 지키는 신의 이름으로 한시라도 빨리 절친의 소식이 전해지기를 기도했다.

거의 갈 일이 없었던 신전이었지만 매달리듯 몇 번이고 신전에 기도를 올리러 갔다.

그때 말을 걸어온 것이 패트릭 하르트만이었다.

예전에 다 같이 『빨강의 신』 밤 축제를 보러 갔을 때 집까지 데려다줬던 헌병 청년이었다.

헌병인 패트릭의 직무는 도시의 치안 유지다. 그래서 그는 거리를 순회하는 일도 드물지 않았다. 축제 날을 계기로 두 사람은 거리에서 만나면 인사를 나누는 관계가 되어 있었다.

그가 클로에에게 말을 건 것은 크로이츠의 치안이 악화되고 있기 때문이었다.

헌병대가 철저히 경계하고 모험가들도 통솔이 잡혀 있어서 라반드 국내에서도 특출할 만큼 치안이 유지되고 있는 크로이츠였지만 그래도 평상시와 비교하면 안전하다고 하기는 어려웠다. 그런 상황에 젊디젊은 여성이 혼자서 기운 없이 걷고 있으면 뭔가 말썽에 휘말릴지도 몰랐다.

“응…… 괜찮아, 문제없어.”

평소의 당찬 그녀였다면 그 발언에 근거가 없더라도 설득력이 있었으리라.

하지만 그때의 클로에에게서는 평소의 이유 없이 당찬 모습이 전혀 느껴지지 않았다. 웃는 얼굴도 어딘가 아련하고 애처로웠다.

“집에 갈 거면 데려다줄게.”

“괜찮다니까…….”

“마침 장인 거리에 부대의 발주서를 전달하러 가던 길이었어.”

패트릭은 미소 지으며 그렇게만 말하고 클로에의 말을 부정하지는 않았다.

돌이켜보면 그때부터 자신 안에서 그에 대한 인식이 조금씩 바뀌기 시작했다고, 클로에는 생각한다.

모험가들을 중심으로 한마음으로 움직이는 자들을 위해 『상징』을 만들면 어떻겠냐고 조언해준 사람도 패트릭이었다.

“해본 적이 없는 일이라면 잘하는 사람에게 이야기를 가져가면 돼. 중심이 되어 아우르는 사람도 필요한 인재니까. 물론 나도 연줄로 써도 돼.”

『뒷골목 빵집』에서 부대의 가벼운 식사를 대량으로 사들이고 있던 그는 마침 그날 점심을 사러 온 클로에에게 그렇게 말하며 한

가지 지침을 주었다.

우울해하기만 했던 자신에게도 할 수 있는 일이 있다. 그것이 무엇보다도 기뻤다.

대략적인 디자인은 직접 그렸지만, 전문가가 아닌 자신의 손으로는 아무래도 뛰어난 완성도로 만들기 힘들었다. 오랫동안 복식과 관련된 일을 한 클로에이기에 아마추어의 작품을 세상에 내보낼 수는 없었다.

그래서 패트릭의 중개로 헌병대에 드나드는 전문가를 만나 조언을 받았다. 문장 등을 디자인하는 전문가의 손길을 받아 수정된 『요정 공주 의장』은 훨씬 세련되게 변했다.

그것을 넣은 깃발을 만들기 위한 연출은 클로에 자신이 가지고 있었다. 섬세한 염색이 특기인 공방도, 튼튼하고 복잡한 방직이 특기인 공방도, 재봉사인 클로에 자신의 일과 관련이 있었다.

샘플을 만든 후 『범고양이』의 모험가들에게 이야기를 전하자 예산이 떨어졌다. 클로에가 생각했던 것보다도 훨씬 큰 액수의 예산과 주문 수였기에 깃발을 바느질하는 공정도 클로에 혼자서는 도저히 감당할 수 없었고, 결국 여러 공방을 끌어들인 대규모 작업이 되었다.

그것은 어두운 정세에 침체된 상태였던 크로이츠의 장인 거리에서 섬유 관련 공방이 활기를 띠는 특수한 일이 되었고, 많은 사람에게 감사받음과 동시에 책임과 보람은 커졌다.

완성된 『요정 공주』 깃발을 클로에가 올려다보았을 때, 옆에는 패트릭이 있었다.

자신들은 여기서 이렇게 찾고 있으니까 빨리 알아차려 달라고 외치는 것 같다고, 클로에는 펄럭이는 깃발을 올려다보며 가슴을 울리는 감개를 느꼈다.

그렇게 기회를 거듭하며 패트릭과의 거리는 가까워졌다. 그저 지인이라고 인식했던 청년은 어느새 그렇지 않은 상대로 바뀌어 있었다.

그래서 클로에는 라티나에게만큼은 패트릭과의 관계를 자세히 이야기할 수가 없었다.

그때 느꼈던 풀 길 없는 괴로운 심경을 라티나에게 전부 소상하게 밝히는 것이 되어버린다.

라티나 본인에게 해야 할 불평도 확실하게 말한 이상, 질척하게 굴 마음도 없다. 전부 끝난 일이다. 뒤끝 없는 성격인 클로에는 화냈고, 사과를 받았고, 용서했다. 그걸로 충분했다.

사실은 분명하게 돌아와 준 것만으로도 만족이었다.

그리고 무엇보다도 쑥스러웠다.

부끄러웠다. 그 한마디로 정리되었다.

어릴 때부터 자신을 아는 상대이기에, 평상시의 자신답지 않은 소녀 같은 마음을 드러내는 것은 몸이 배배 꼬일 만큼 민망했다.

그래서 클로에는 농담 속에 본심을 숨기고서 절친에게 보고만을 한 것이다.

라티나는 클로에의 번뇌를 눈치채지 못한 듯했고, 그 모습에 클로에는 안심했다.

"클로에가 결혼……."

"결혼식에 참석해줄래?"

"물론이지. ……하지만 내가 먼저 할 줄 알았는데……."

멍하니 중얼거린 라티나는 절친에게 웃어 보였다.

"행복하게 살아야 해. 내가 말하는 것도 뭔가 이상하지만……."

"뭐, 불행해지려고 이런 일을 결정하진 않으니까."

"클로에를 뺏긴 것 같아서 뭔가 이상한 느낌이야."

"줄곧 애인 자랑을 해댔던 라티나에게는 듣고 싶지 않은 말이네……."

그도 그렇다면서 두 사람은 동시에 웃음을 터뜨렸다.

"남편이 될 사람은 어떤 사람이야?"

"라티나도 한 번쯤 만난 적 있을지도 몰라."

"그래?"

짚이는 사람이 없어서 고개를 갸웃하는 라티나를 보며 클로에는 재미있다는 듯 소리 높여 웃었다.

한편 그 무렵.

"나, 클로에랑 결혼하기로 했어."

휴식 중에 동기인 패트릭에게 느닷없이 보고를 받은 루돌프는 마시려던 차가운 물을 힘차게 뿜었다.

"더러워……."

"너…… 뭐? 진심으로 하는 소리야?"

눈썹을 찌푸리는 패트릭을 향해 루돌프도 비슷하게 인상을 쓰고서 상대를 보았다.

이 동료가 소꿉친구와 깊은 사이가 되었다는 이야기는 예전부터 얼핏 들었지만, 솔직히 루돌프가 보기에는 제정신이 아닌 것 같았다.

어릴 적에 각인된 기묘한 상하 관계로 인해 그 소꿉친구를 연애 대상으로 생각하는 것 자체가 루돌프의 가치관으로는 있을 수 없는 일이었다.

"결혼은 인생의 무덤이라고 칭하는 녀석도 있다던데……."

"네가 그렇게 축복해줬다는 건 클로에에게도 말해둘게."

루돌프의 코멘트를 패트릭은 산뜻하게 웃으며 받아쳤다.

"미안. 정말로 미안. 진짜 봐줘……."

즉시 넙죽 사과하는 루돌프의 모습에서 소꿉친구와의 역학 관계가 보였다.

그리고 그와 동료의 관계도 양호한 듯했다.

†

결혼식이라고는 해도 일반 서민은 웨딩드레스를 입는 호사스러운 식을 올리지 않는다. 평생 한 번밖에 안 입을 비실용적인 의상을 맞추는 것은 귀족이나 부자에게만 허락된 특권이었다.

일반 서민은 평소보다 좋은 옷 — 즉, 특별한 날 입는 의복 — 을 입고, 대지와 풍요를 관장한다는 점에서 결혼의 신으로서도 숭상받는 『주황의 신』의 신전에서 결혼 의식을 진행하는 형태였다. 크로이츠는 시민 등록에도 비교적 엄격한 도시이기에 영주관에 제출하는 서류도 동시에 거기서 작성하는 것이 관례였다.

신에게 축복받고 관아에 수속을 끝낸 후에는 주변 사람들에게 결혼을 알린다.

알리는 방식은 이웃들을 초대하여 피로연을 여는 것이 일반적이었다. 앞으로 부부가 될 두 사람이 주위에 인사할 수 있고, 이후 이웃이 편의를 도모하기도 쉬워 유익하다고 여겨지는 관습이었다.

일반 서민인 클로에는 물론 웨딩드레스를 맞추고 성대한 연회를 여는 결혼식을 올릴 예정은 없었다. 하지만 그녀는 재봉 장인이었다. 자신의 일생일대 이벤트에 어중간한 옷을 입고 임하는 것은 장인으로서의 긍지가 허락하지 않았다.

그래서 클로에는 아예 새 옷을 만들고 있었다.

"헌병대는 제복을 입으니까 내 것만 준비하면 돼서 편해."

그만큼 예산도 들일 수 있다는 뜻이었다. 숙고에 숙고를 거듭하여 방대한 천 샘플 중에서 가격과 옷감 쌍방에 타협하지 않는 것을 골랐다. 염색 공방에 부탁하여 완성된 천은 상상한 대로라서 그것만으로도 마음이 들떴다.

바쁘게 바늘을 움직이는 절친 옆에서 라티나는 디자인과 제작 도중인 옷을 확인하고 고개를 갸웃했다.

"여기에…… 살짝 큰 액세서리가 있으면 빛날 것 같은데……."

"거기까지 마련할 예산은 없어."

"응. ……내가 축하 선물로 주기에도 너무 고가니까……."

"뭐, 그렇게까지 하면 역시 화내게 되려나."

일반적인 금전 감각의 소유자로서 예상대로 반응한 절친을 보며 라티나는 고민하듯 검지를 흔들었다.

"하지만 빌릴 곳이라면 있어. 허가는 내 쪽에서 받을 테니까 그건 어때?"

"……관심은 있지만…… 혹시 잃어버리기라도 하면 무서운데……."

"필요할 때 말고는 내가 관리할게."

그런 제안을 받으니 클로에도 마음이 동했다.

자신의 지갑 사정으로는 넘볼 수 없는 고가의 보석 장식에는 역시 관심이 있었다.

라티나가 『빌릴 곳』이 있다고 말한 것은 데일의 고향인 티스로우에서 보낸 물건이 수중에 있기 때문이었다.

얼마 전까지 크로이츠에 체재했던 크리소스는 각종 광석 등의 지하자원이 풍부한 바실리오의 왕이었다. 티스로우는 마도구의 일대 생산지라서 그런 광석들을 재료로 쓰고 있었다. 벤델가르드 할멈과 그 아들인 랜돌프가 얼마나 만만치 않은 사람이던가. 데일을 통해 가까워진 이웃 나라의 왕과 개인적인 연줄을 만들어두려고 하는 것은 당연한 일이었다.

그래서 특별한 『배달부』를 이용해 크로이츠에 보낸 것이 티스로우의 대표적 특산물인 보석 장식품 형태의 마도구였다.

크리소스에게 견본으로 제시하고 때에 따라서는 헌상하라며 여러 개가 전달되었다.

참고로 크리소스는 티스로우의 보석 가공 기술의 정수를 모은 듯한 장식품 자체에는 매우 강한 흥미를 나타냈다. 향후 자국의 산업 육성에 참고하기 위해 가져가고 싶다는 분위기를 풍겼다.

그러나 티스로우는 데일의 고향이었다. 그 이유 하나 때문에 크리소스는 난색을 표했다.

고가의 물품을 헌상품으로 받는 것은 데일에게 빚지는 것 같아서 아무래도 불쾌한 모양이었다.

그래서 데일은 라티나와 똑같은 보석 장식품을 갖게 하는 것으로 겨우겨우 크리소스에게 마도구를 받게 했다. 똑같은 물건을 가지는 기쁨은 데일에 대한 거부 반응을 가볍게 눌러버릴 수 있는 듯했다.

헌상되지 않은 장식품은 현재 크로이츠에 남아 있었다.

하지만 『범고양이』의 다락방에 아무렇게나 두는 것은 너무나도 조심성 없는 짓이었다. 그래서 『파랑의(아즈락) 신』 신전의 『금고』에 맡겼지만, 티스로우의 벤 할멈에게 편지로 사정을 알려서 빌릴 수 없겠냐고 물어보면 허가가 떨어질 것이라고 라티나는 생각했다.

데일과 마찬가지로 라티나에게 무른 벤 할멈이지만, 동시에 라티나가 이유 없이 그런 말을 꺼낼 리가 없다고 신뢰하고 있기도 했다.

굳이 벤 할멈에게 허가를 구하지 않아도 데일에게 물어보면 즉시 허가가 떨어지겠지만, 그러지 않고 절차를 지키려고 하는 것도 라티나가 신뢰받는 이유였다.

"어떤 색깔의 보석이 좋을까…… 원피스 색이랑 비슷한 거……?"

"그렇게 마음대로 고를 수 있어?"

"엄청나게 많지는 않지만. 원래 견본으로 보낸 거라서 종류가 꽤 다양해."

"그럼 반대색 있어? 이왕이면 그렇게 해서 부각하는 것도 괜찮을 것 같은데……."

"심플한 디자인이랑 장식이 잔뜩 달린 거, 어떤 게 좋을까?"

바느질 중인 의상 앞에서 그런 대화를 나누는 시간도 매우 즐거웠다.

라티나는 그렇게 절친의 결혼식 의상에 신경을 썼지만, 그녀 또한 꾸미는 것에 관심 많은 한창때 여성이었다.

절친의 결혼식에 무슨 옷을 입고 참석할 것인가. 그것은 중대한 문제였다.

"으음~."

라티나는 『범고양이』의 다락방에서 자신의 의상 상자를 휘젓고 있었다. 평상복과는 다른 특별한 외출복들을 꺼내서 펼쳤다.

"클로에 옷이랑은 색이 다른 게 좋겠고…… 이쪽은 귀여워서 마음에 들지만 계절이 안 맞고……."

"어디 가려고 그렇게 고민해?"

그런 라티나를 본 데일은 고개를 갸우뚱했다. 자신과 외출할 예정도 없는데 그녀가 이렇게 고민하는 것을 이해할 수 없다는 본심이 표정에 드러났다.

“있지. 클로에가 결혼하게 됐어.”

“그래?”

라티나의 절친인 클로에는 『범고양이』에도 이따금 드나들어서 데일도 면식이 있었다.

“그래서 뭘 입고 갈지 고르는 중이야.”

“라티나라면 뭘 입어도 예쁘니 말이지.”

결혼식 자체보다도 데일의 관심은 라티나에게 온통 쏠려 있었다.

평소와 다름없었다.

“머리는 어떻게 할까…… 머리 장식을 새로 사버릴까…….”

한쪽 손을 머리에 대고서 라티나는 생각에 잠겼다.

리본은 너무 어린애 같다. 자신의 머리는 백금색이니 은세공이 품위 있게 어울릴 것이다. 아니, 좀 더 돈을 써서 금세공으로 화려하게 해야 할까. 그렇게 끊임없이 이것저것 생각을 이어갔다.

“내가 뭔가 사줄까?”

끼어든 데일에게 얼굴을 돌린 라티나는 「으음~」 하고 난처한 표정을 지었다.

“데일이 너무 의욕을 보이면…… 야회 파티에서 쓸 법한 걸 고를 것 같아…….”

“싸구려보다도 품질 좋은 걸 사야지.”

“하고 갈 곳이 없게 돼…….”

고개를 갸웃하는 데일은 고향이 라반드국에서도 굴지의 장식품

가공업을 생업으로 삼고 있는 곳이기도 해서 심미안이 단련되어 있는 데다가 가치관이 일반적이지 않았다. 그가 『평소』에 보석 장식품을 보게 되는 기회가 상류 귀족들이 모인 사교계라는 것도 요인 중 하나였다.

서민적인 소녀인 라티나가 보기에 데일의 마음에 찰 만한 수준의 액세서리는 평소에 하고 다니는 것은 고사하고 『파랑의 신』 신전의 『금고』로 직행해야 할 것들이었다.

약혼 기념 팔찌가 상등품인 것만 봐도 알 수 있는 일이었다.

"그건 그렇고…… 그 애의 결혼식인가……."

동갑인 라티나를 약혼자로 두고 있는 것은 제쳐두고, 역시 어릴 때부터 봐온 존재가 결혼한다고 하니 감개가 무량했다.

"내가 식을 집행할까?"

그래서 축하하는 마음에 데일은 그런 제안을 꺼냈다.

"흐아?"

이에 라티나는 순수하게 이상하다는 반응을 보였다.

심경이 대단히 복잡해지는 반응이었다.

"데일이? 왜?"

"왜냐니…… 결혼식을 올리는 건 『주황의 신』 신전이잖아."

"그렇지."

"하지만 일반 서민의 의식을 집행하는 건 평범한 신관일 테고."

"평범한 신관이어도 충분히 감사한 일 아니야?"

"뭐, 그건 그렇지만. ……나는 상위 신관 지위를 가지고 있으니까. 이왕이면 권위 있는 신관 쪽이 경사스럽지 않아?"

"흐아?"

재차 말버릇이 나온 것은 라티나의 무의식적인 반응이었다. 반사적으로 나온 물음표였다.

그녀의 그 반응에 조금 당황하며 데일은 자신의 스킬을 설명했다.

"……나는 『파랑의 신』의 가호도 있지만…… 『주황의 신』 쪽은 제사를 집행할 수 있을 만큼 신관으로서 수행을 쌓았어."

『용사』라는 능력자의 특징은 여러 신의 『가호』를 가지고 있다는 점이다. 게다가 고향인 티스로우는 『주황의 신』의 은총이 두터운 성지로 꼽히는 토지였다.

원래부터 데일은 자신의 『용사』 능력을 호의적으로 보지 않기도 해서 가호를 가졌다는 것을 떠들고 다니지 않았다. 반면 『용사』라는 것은 어디까지나 능력명이지 직업은 아니라고도 생각했다. 데일의 정규 직업은 『주황의 신』의 고위 신관이었다.

그렇기에 나온 데일의 발언이었지만 라티나는 여전히 곤혹스러운 표정이었다.

"……데일은 잘 알 수 없을 만큼 이것저것 할 수 있구나……."

천재성이 있어서 배움이 빠른 라티나에게 그런 말을 들으니 꽤 미묘한 기분이 들었다.

"으음…… 다음에 클로에한테 물어볼게."

"그래."

그러면서 데일은 결혼식 자체에는 흥미를 잃었는지 라티나가 늘어놓은 의상에 시선을 보냈다.

조금 더 빨리 사정을 알았다면 라티나를 위해 옷을 맞췄을 텐데, 하고 생각하는 데일은 역시 평소와 똑같았다.

그리고 데일이 그런 것을 알기에 라티나는 이 타이밍에 준비를 시작한 것이기도 했다.

청소와 정리를 좋아하는 라티나에게는 의상이 필요 이상으로 늘어나는 것도 곤란한 일이었다.

그리고 이튿날, 라티나는 데일의 제안을 즉각 클로에에게 전하러 갔다.

한 손에는 저번에 서구의 고급 주택가 근처에서 발견한 과자 가게의 포장을 들고 있었다. 평소라면 기웃거리지 않을 고급 상점이지만, 결혼 축하연에서 제공하기에도 딱 좋을 듯한 화려한 과자를 판매하는 가게였다. 언니가 체재할 때 몇 번이고 서구에 다니면서 발견한 곳이었다.

라티나를 맞이하고 고급스러워 보이는 과자 포장에 조금 놀란 클로에도 의외로 합리적인 가격을 듣고 다른 의미에서 놀란 얼굴이 되었다.

꽃 형태로 크림 장식이 들어간 쿠키를 그릇 위에 보기 좋게 담자 꽃다발을 올린 것처럼 테이블 위가 화사해졌다.

먹기 아깝다는 마음을 억누르고 덥석 베어 무니 상상 이상으로 부드러운 풍미가 입안 가득 퍼졌다.

"아. 맛있다."

"역시 좋은 가게라 그런지 좋은 버터를 쓰는구나……."

우물우물 씹으며 차를 마셨다. 제법 형태를 갖추게 된 친구의 특별한 의상을 보고 라티나의 표정도 온화해졌다.

"곧 있으면 완성되겠네."

"뭐, 그렇지."

"저기, 클로에. 데일이 말이지……."

거기서 라티나가 데일의 제안을 클로에에게 전하자 그녀는 매우 미묘한 표정이 되었다.

"있지, 라티나."

"응?"

"라티나가 내 입장이라고 생각해보자."

"응."

"나는 신분에 걸맞은 조촐한 결혼식을 올리고 싶은 일반 서민이야."

"응."

"그런데 세계적으로 유명해진 엄청난 거물 용사님이 결혼식에 오시는 걸로 모자라서 직접 식을 집행해주신다고 하면…… 어떨 것 같아?"

"안 그랬으면 좋겠어."

바로 답이 나왔다.

약혼자이자 오랫동안 보호자 역할을 해준 상대지만 서민적인 소녀로서는 지극히 마땅하다고 할 수 있는 반응이었다.

"그런 거야."

"그러네."

너무 유명해지는 것도 문제가 있었다.

"평범한 게 제일이야."

그렇게 말하며 고개를 끄덕이는 클로에의 감성도 일반적인 것이었다.

"저기, 데일이랑 같이 가는 건 괜찮아?"

"라티나의 약혼자인걸. 거절할 이유는 없지만…… 너무 공공연하게 드러내지 않는 게 고맙긴 하지."

"그러네."

그렇게 데일의 제안은 기각되었다.

그런 그의 앞에서 의식을 집행하게 될 신관의 마음고생은 두 사람의 이야기에 오르지 않았다. 데일의 얼굴과 신분은 같은 직업에 종사하고 있는 『주황의 신』 신관 사이에 알려져 있었다. 영웅이자 상위 신관에게 자신의 업무를 주시받게 된 담당 신관이 결혼식의 주역인 신랑 신부보다도 더 긴장하게 되는 것은 당일에 밝혀지는 사건이었다.

묵념.

조금 구름이 꼈지만 날씨가 나쁘다고 할 정도는 아니었다.

클로에의 결혼식 날은 그런 날이 되었다.

라티나가 예전에 티스로우에서 참석했던 결혼식과 크로이츠에서 열리는 결혼식은 조금 방식이 달랐다. 그것을 그녀에게 알려준 것은 신관이기도 한 데일이었다.

“라반드국 전역에서는 이쪽 방식이 일반적이야. 타국도 비슷하지만 역시 지방에 따라 차이가 나기도 해. 우리(티스로우)는 그래도 역시 독특하지만.”

“그렇구나.”

간단하게 설명하며 라티나와 나란히 걷는 데일은 평상시 외출복 수준의 옷을 입고 있었다. 사교계에 나갈 때의 예복은 아니었다. 유감스럽다는 평가가 딱 맞는 데일이지만, 너무 고급스러운 복장으로 가면 혼자 붕 뜰 것이라는 상식은 갖추고 있었다.

“의식에 참석하는 방식을 틀리면 어쩌지? 클로에의 결혼식에 실수하면 안 되는데…….”

“그렇게 어렵진 않아. 무엇보다도 축하하는 마음이 중요한 거지.”

걱정스러운 표정을 짓는 라티나는 연두색 원피스를 입고 있었다. 고민 끝에 마음에 드는 귀여운 디자인으로 정한 것이다. 그것은 오늘의 주역인 클로에의 복장과 다른 계통을 고른 배려이기도 했다.

액세서리는 머리를 고정하는 금장식과 데일과의 약혼 팔찌뿐이었다. 그것만으로도 그녀의 사랑스러움을 부각하기에는 충분했다. 소중한 절친의 행복을 바라며 문득문득 새어 나오는 부드러운 미소가 그녀에게는 무엇보다 훌륭한 장식품이었다.

그런 라티나 옆에는 충실한 멍멍이가 꼬리를 흔들며 따르고 있었다.

절친의 결혼식이므로 빈트가 항상 입고 있는 판초도 신품으로 멋을 냈다. 물론 라티나가 손수 만든 것이었다.

“라티나는 언제나 예쁘지만 공들여 꾸민 라티나는 각별하네. 신부보다도 라티나가 주역이 되어버리겠어.”

거기서 데일이 꺼낸 것은 평소와 다름없는 유감스러운 발언이었다. 동생의 결혼식 때도 비슷한 발언을 했다는 점에서 그가 얼마나 한결같은지를 엿볼 수 있었다.

“예전에도 그런 말 했었지만…… 오늘은 정말로 안 돼.”

오늘의 주역이 절친이기에 라티나는 드물게도 데일을 상대로 진심으로 나무랐다. 양손 검지로 가위표를 만들며 데일을 강하게 노려보았다.

그러나, 이것도 늘 있는 일이지만, 라티나가 위협해도 상대에게 위압감은 전혀 줄 수 없었다. 그녀는 어디까지나 작은 동물 같았다.

“멍.”

빈트가 맥 빠지는 목소리로 짧게 짖었다. 그것이 라티나에게 동의한 것인지, 그녀의 포근포근한 분위기에 대한 유감스러움을 표현한 것인지는 판단하기 어려웠다.

어릴 때부터 몇 번이고 걸었던 장인 거리를 나아갔다.

셀 수 없이 많이 방문하고 긴 시간을 보낸 절친의 집. 영양가 없는 잡담도, 사춘기의 사랑 이야기도, 다 떠올리기 어려울 만큼 수많은 추억이 깃든 장소.

남편과 함께 새집에서 살게 되는 클로에는 내일부터 이 집에 없다.

지금까지처럼 이곳을 빈번히 찾아오는 일도 없게 될 것이다.

『지금까지와 다름없는 일상』이 변해버리는 것을 깨닫고 라티나는 눈시울이 뜨거워졌다. 하지만 머리를 흔들어 그 생각을 쫓아냈다. 결혼식이 시작되기도 전부터 울상을 짓고 있으면 클로에가 어이없어하며 꾸짖을 것이다. 절친의 화난 얼굴을 머릿속에 떠올려 어떻게든 마음을 다잡았다.

평소보다 격식 차린 옷을 입은 클로에의 부모님에게 마중받아 안쪽으로 들어갔다.

완성한 의상을 입은 클로에가 긴장이 느껴지지 않는 평상시 모습으로 맞이했다.

"어서 와."

"응."

그래서 라티나도 평상시처럼 행동하도록 유의하며 절친에게 대답했다.

클로에가 입은 옷은 귀여운 프릴 등의 장식이 배제된 깔끔한 디자인이어서 신부 의상이라고 하기에는 너무 스타일리시했다. 하지만 클로에에게는 잘 어울렸다. 얼핏 보면 단출한 원피스 같지만 사소한 움직임에 이중으로 만들어진 치마가 흔들리며 아래쪽 치마에 들어간 큼직한 빨간 꽃 의장이 모습을 보였다. 공들여 만든 품위 있는 옷이었다.

그런 절친에게 라티나는 보석 장식품이 든 상자를 내밀었다.

"여기, 약속했던 브로치."

"고마워."

상자를 받아 별생각 없이 뚜껑을 연 클로에의 움직임이 굳었다.

끼기긱 하는 소리가 들릴 듯한 느낌으로 라티나 쪽을 보았다.

"우와…… 라티나…… 역시 이거, 만에 하나 도난당하기라도 하면 무서운데……."

상자에는 큼직한 홍옥을 섬세하게 가공하고 금장식을 두른 아름다운 브로치가 들어 있었다.

반짝이는 커다란 보석은 서민의 벌이로는 손에 넣을 수 없는 고가품이었다. 한 나라의 주인에게 견본으로 제시하고 헌상할 것을 상정한 물건이었다. 티스로우 측에서도 어중간한 물건을 보낼 리가 없었다.

"그래서 살짝 주문을 걸어두려고."

엉거주춤하는 클로에의 태도도 타당하다고 생각하며 라티나는 머리카락을 하나 뽑았다.

"그다지 기분 좋은 일은 아닐지도 모르지만…… 내 머리카락을 이렇게 감아두는 거야."

말하면서 라티나는 브로치 뒤쪽, 고정핀 부분에 머리카락을 빙글빙글 감았다. 그녀의 머리카락은 색소가 옅어서 한 가닥 정도라면 알아차리기 어려웠다.

"응. 그리고?"

"이렇게 해두면 며칠 동안은, 이게 크로이츠 안에 있기만 하다면 어디 있는지 찾을 수 있대."

"……."

"……."

라티나의 발언에 클로에뿐만 아니라 옆에서 이야기를 듣던 데일도 미묘한 얼굴을 했다.

웬일로 친구의 결혼식에도 평소처럼 멍멍이를 데려가나 했더니만, 값비싼 보석 장식품의 호위 및 유사시의 수색 요원이었던 모양이다.

혹여나 만일 누군가 우발적으로 훔친다면 환수의 추적과 습격을 받는 것이 확정적이었다.

빈트는 의기양양한 얼굴로 기쁘게 꼬리를 흔들고 있었다. 라티나에게 직접 『부탁』받았다면 이 충견이 의욕을 보이는 것도 어쩔 수 없었다. 도둑의 팔다리가 모두 멀쩡하리라는 보장은 전혀 없었다.

"……뭐, 경사스러운 자리에 그런 괘씸한 녀석이 나오진 않겠지……."

"뭐, 그렇겠지."

"맞아. 걱정하지 않아도 돼."

현실에서 살짝 도피하는 것을 선택한 클로에와 데일에 비해 라티나의 미소는 해맑았다.

라티나에게 있어 『멍멍이에 의한 유사시의 수색』은 분실했을 때를 상정한 것이고 도난에 관해서는 그다지 생각하지 않았음을 클로에와 데일은 몰랐다.

마음을 다잡은 클로에가 가슴 부근에 브로치를 달았다.

심플했던 옷이 그것만으로도 화사해졌다. 달기만 해도 주역이 되는 진홍색 보석이지만, 센스 있게 잘 만들어진 옷이기에 보석을 돋보이게 하면서도 묻히지 않았다.

“우와아…… 정말 근사해.”

솔직한 라티나의 발언을 들은 클로에도 아주 싫지는 않은 듯한 표정이었다.

이토록 아름다운 홍옥을 옷에 달 수 있는 것은, 여러 가지 묵인한다면 순수하게 기뻤다.

“정말로 굉장하네.”

“응. 클로에한테 잘 어울려.”

어릴 때부터 그녀는 순수하게 웃으며 별안간 이런 말을 해서 곤란했다.

클로에는 절친의 갑작스러운 칭찬을 미처 처리하지 못하고 얼굴을 슬쩍 돌렸다. 고개를 갸웃하는 라티나보다도 데일 쪽이 클로에의 빨개지는 귀를 알아차렸다.

“클로에?”

“……느긋하게 있을 시간은 없지 않아?”

그래서 데일이 도움의 손길을 내밀기 위해 끼어들었다.

“그러네!”

벌떡 일어난 클로에의 뺨에는 아직 붉은 기가 남아 있었지만 라티나는 눈치채지 못한 듯했다. 데일도 희미하게 쓴웃음을 짓는 데서 그쳤다.

그렇게 클로에의 가족과 함께 『주황의 신』 신전으로 향하게 되었다.

서민의 결혼식에 화려하고 복잡한 예식은 없다. 신 앞에서 이루어지는 최소한의 의식뿐이다. 그렇기에 신랑 신부와 하객들은 각자

『주황의 신』 신전에 직접 집합하는 것이 기본적이었다.

클로에의 결혼식도 예외는 아니어서 온화한 분위기로 잡담을 나누며 중앙 구획에 있는 신전으로 향했다. 그곳에서는 이미 신랑과 그 가족이 기다리고 있었다. 가볍게 인사를 나누고 줄줄이 신전으로 들어갔다.

생소한 신전 내부 모습에 라티나가 두리번두리번 주위를 둘러보는 것도 평소와 다름없는 광경이었다. 대기실로 크게 마련된 공간은 대지신의 신전인 만큼 꽃과 열매 디자인의 부조가 여기저기 조각되어 있었다. 늘어선 목제 의자는 반들반들하게 연마되어 나뭇결이 아름답게 떠올라 있었다. 대리석 바닥은 바실리오 양식과 어딘가 분위기가 비슷해서 라티나를 신기한 감개에 빠지게 했다.

다른 신의 신전과 비교하면 너그러운 분위기가 있는『주황의 신』 신전은 멍멍이를 데려와도 타박하지 않았다. 라티나가 사전에 단단히 일러두었는지 빈트는 평소와는 딴판으로 잘 교육받은 개처럼 라티나 옆에서 얌전히 꼬리를 흔들고 있었다. 빈트의 그 모습을 보고 오히려 데일이 눈을 크게 떴을 정도였다. 하면 잘하는 멍멍이(자칭)라는 것은 그냥 하는 말이 아닌 모양이었다.

신랑 신부와 그 가족만이 신전 안쪽으로 갔다. 헌금하기 위해서였다.

잠시 후 안내하는 신관이 하객들을 예배실로 들여보냈다.

눈 부신 빛으로 가득한 공간이 그곳에 펼쳐져 있었다.

크게 만든 창문으로 파란 하늘이 보였다. 창문 아랫부분은 스테

인드글라스로 만들어져서, 계절을 불문하고 활짝 만개한 꽃 의장이 빛을 투과시켜 반짝이는 색그림자를 만들어냈다.

실내에 쭉 놓인 의자는 투박하고 심플한 인상이었으나, 규칙적으로 늘어선 의자의 그림자가 다채롭게 반짝이는 빛과 어우러져 불가사의한 공간을 연출했다.

제단 뒤편에도 스테인드글라스 창문이 설치되어 있었다. 신의 색인 주황빛 색유리와 열매 의장이 마치 빛을 내는 것처럼 실내를 비추었다.

"우와아……."

라티나의 입에서 저도 모르게 감탄이 흘러나왔다. 평소에 예배할 때는 들어올 일이 없는 결혼식을 위한 예배실이었다. 특별한 날을 위해 마련된 실내는 왕도에서 봤던 귀족의 저택이나 왕궁과도 다른, 신을 칭송하는 고요한 아름다움이 느껴졌다. 라티나가 감탄하는 것도 당연했다.

그녀는 그러면서 옆에 있는 데일을 힐끔 살피고 살짝 고개를 갸웃했다.

"데일, 뭔가 복잡한 얼굴이야."

"직업병인가…… 왠지 결혼 순서 같은 게 신경 쓰인단 말이지……."

"모르는 바는 아니지만 너무 까다롭게 따지지는 말아줘."

두 사람은 목소리를 낮추고 대화를 나누었다. 그런 라티나와 데일은 각각 한 송이씩 꽃을 들고 있었다.

모든 하객이 들고 있는 그것은 『주황의 신』에게 바치는 꽃이었다.

티스로우와 마찬가지로 라반드국 내『주황의 신』신전에서도 꽃은 의식에 빼놓을 수 없는 것이었고, 신전 주변에는 신전과 계약을 맺은 꽃집 말고도 떠돌이 꽃장수가 많았다.

신랑 신부의 가족은 이미 예배실의 가장 앞줄에서 의식이 시작되기를 기다리고 있었다.

이윽고 예배실 문이 열리고 신관 두 사람이 모습을 나타냈다. 하객들을 향해 깊이 인사하자 속닥속닥 이야기하던 하객들의 목소리가 잠잠해졌다.

신관들이 크게 문을 열었다. 먼저 예배실에 들어온 것은 정식 예장을 한 신관 한 명이었다. 양쪽 어깨에 걸쳐진 주황색 장식 천에는 추상적으로 디자인된 꽃과 열매가 그려져 있었다. 똑바로 제단으로 향한 신관이 창문을 등지며 하객들에게 몸을 돌렸다.

그것을 신호로 삼은 것처럼 신랑과 신부가 모습을 나타냈다.

"흐아아……."

절친의 모습을 보고 라티나가 감격하여 한숨을 쉰 것은 클로에가 신부의 상징인 호화로운 헤드 드레스를 쓰고 있었기 때문이었다.

신전에서 축복을 담아 호부로 만든 사 비단이 헤드 드레스에 달려 있었다. 겹겹이 늘어뜨린 얇은 사와 화려한 꽃들로 꾸민 머리 장식은 결혼식에만 쓰이는 것이었다. 그렇기에 클로에의 짙은 갈색 머리와 원피스의 분위기에 맞춘 차분한 인상의 머리 장식이어도,『주황의 신』을 상징하는 주황색 꽃으로 장식한 그것을 머리에 쓴 절친은 그저 완벽한 신부로만 보였다.

"신부님이다……."

절친이 결혼해버린다는 사실이 가슴에 와닿았다. 지금까지 필사적으로 모른 척했던 그 감상에 눈물샘이 한계를 맞이하여 시야가 부예지려고 했다.

클로에는 그런 라티나의 모습을 눈치채고 그녀다운 쓴웃음을 지었다.

"왜 라티나가 울어."

"모르겠어. ……하지만 행복해야 해, 클로에."

"……응."

라티나는 축복의 말과 함께 품에 안고 있던 한 송이 꽃을 내밀었다.

신랑인 패트릭이 받아서 그것을 다시 옆에 있는 클로에에게 넘겼다.

데일도 점잖게 미소 지으며 마찬가지로 신랑에게 꽃을 건넸다.

신관이 기다리는 제단으로 신랑과 신부가 다가갈수록 하객에게 선물받은 꽃다발은 커졌다. 축복의 증거인 그 꽃다발은 『주황의 신』에게 보고와 함께 바치기 위한 것이었다.

신관이 축사를 올렸다.

『서방대륙어』와도 주문 언어와도 전혀 다른 언어로 이루어진 그 말뜻을 신관이 아닌 하객들은 이해할 수 없다. 하지만 신의 은총이 담긴 울림이라는 것은 전해졌다. 자연스럽게 등이 곧게 펴지고, 신을 향한 감사와 새로운 출발을 맞이하는 두 사람을 축복하는 마음이 가슴을 가득 채웠다.

의식이 최고조에 이르자 감격한 라티나의 눈물샘이 마침내 터졌다.

데일은 그런 그녀의 손을 잡고 자신에게도 가까운 신을 향해 축사를 외웠다.

식이 끝날 무렵에 라티나가 든 손수건은 이미 축축하게 젖어 있었다.

도저히 숨길 수 없을 만큼 발갛게 눈이 부은 절친의 모습을 보고 클로에는 웃어버렸다.

"그러니까 왜 라티나가 그렇게 우는 거야……."

"모르겠어…… 모르겠지만 왠지 눈물이 나……."

"뭐, 라티나다우려나."

"실비아도 같이 봤으면 좋았을 텐데……."

이웃(바실리오) 나라에 있는 또 다른 절친의 이름을 라티나가 꺼내자 클로에는 희미하게 쓴웃음을 지었다.

"실비아는…… 지금 무엇보다도 일이 제일 즐겁다고 느낄 시기 아니야?"

"그럴지도 모르지만……."

어릴 때부터 꿈꿨던 미지의 이웃 나라로 건너간 실비아는 지금 그 나라의 풍토와 풍습 같은 온갖 정보를 탐욕스럽게 모으고 있었다. 태어난 고향이기는 하지만 신전 안쪽에 숨어 있느라 바실리오의 일반적인 풍속을 모르는 라티나보다 그 나라에 관해 더 박식해지는 것도 시간문제이리라.

언젠가 친구의 이름이 쓰인 고국의 유람기가 간행될 것이다. 그렇게 상상하자 라티나는 가슴이 설렜다.

"그리고 실비아라면…… 바실리오에서 자식을 데리고 돌아올 수도 있을 것 같아……."

"……."

클로에의 말에 라티나는 쓰게 웃었다.

확실히 실비아라면 자신들이 상상도 못 한 일을 저지르더라도 전혀 위화감이 없었다.

"그럼, 다음에야말로 라티나 차례네."

"……응."

클로에의 말에 라티나는 조금 부끄럽게 미소 지으며 데일을 힐끔 보았다.

데일은 절친 사이의 이야기를 방해하지 않도록 한 걸음 물러난 위치에 있다가 『주황의 신』 신관들에게 불려서 이야기를 하고 있었다. 데일은 고위 신관 지위를 가진 유명인이었다. 신관들이 본래 직무와 관련이 없더라도 이야기하고 싶어 하는 것도 이해가 갔다. 그리고 데일도 자신의 입장상 그런 상대를 매정하게 대하지 못했다.

그런 데일의 모습을 확인한 후, 두 사람은 대화를 이어갔다.

"나와 달리 라티나는 예산도 부족하지 않을 테니까…… 지금 귀족 사이에서 유행하는 타입의 드레스를 맞추는 건 어때?"

그렇게 말하는 클로에는 장인의 얼굴이 되어 있었다.

데일의 재정 상황이 유복한 것은 라티나가 늘 착용하고 있는 약혼 팔찌를 봐도 명백했고, 스폰서가 될 만한 중진이 몇 명이나 대기 중일 것 같은 교우 관계를 절친은 가지고 있었다.

본래 일반 재봉사가 접할 기회도 없을 고급 소재나 장식품을 이용한 예술적인 디자인의 드레스. 그런 옷을 만들 기회가 찾아왔는데 장인으로서 설레지 않을 리가 없었다.

"보통 그런 옷을 만들 기회도 좀처럼 없으니까 꼭 나한테 맡겨줘. 어떤 디자인이 좋을지 검토할 수 있게 자료를 모으는 것도 즐겁단 말이지."

"……흐아?"

직업상 열중하게 되는 일이라 상체가 점점 앞으로 나오는 클로에에게 라티나는 순수하게 이상하다는 반응을 보였다.

말버릇을 흘리면서 작게 고개를 갸웃했다.

"나…… 결혼식을 올린다면 아마 데일의 고향에서 할 거야."

데일의 고향 티스로우는 독자적인 문화를 지키는 지역이다.

고향을 자랑스럽게 여기고 그 일족의 일원이라는 것에 강한 애착을 지닌 데일을 라티나는 잘 알고 있었다.

그렇기에 라티나는 데일에게 프러포즈를 받은 직후부터 당연히 그의 고향에서 결혼식을 올릴 것이라고 생각했다.

"클로에나 다른 사람들과 함께할 수 없는 건 아쉽지만…… 데일에게 고향의 풍습이 얼마나 중요한지 잘 알고…… 내게도 결혼은 데일뿐만 아니라 데일의 가족들에게도 받아들여지는 일이니까."

"……"

"드레스도 멋지지만…… 티스로우의 신부 의상은 대대로 물려 내려오거든……. 그런 것도 근사하다고 생각해."

라티나의 그 대답에 절친의 얼굴이 복잡해진 것을 라티나는 눈치채지 못했다.

그리고 절친이 『범고양이』의 단골손님을 비롯한 모 거대 비영리 조직과 연줄이 있음을 라티나는 의식하지 못했다.

클로에는 『요정 공주』의 기장을 만들면서 이미 그들과 인연을 맺은 상태였다.

그리고 무엇보다도 라티나는 자신이 그렇게 큰 영향력을 가지고 있음을 깜빡하고 있었다.

티스로우에서 결혼식을 한다.

그것은 『요정 공주』 일생일대의 신부 모습을 기대하는 크로이츠의 많은 이들에게 사형 선고와도 같은 절망에 찬 선언이었다.

하지만 클로에도 자신이 얻은 정보가 그렇게까지 큰일이 되리라고는 생각하지 않았다.

그녀가 정보를 흘린 것은 이제 남편이 된 청년, 패트릭이었다.

클로에는 어릴 적 친가족과의 연결 고리를 잃어버린 라티나가 자신의 거처나 새로운 가족과 같은 존재에 강한 애착을 느낀다는 사실을 알고 있었다. 그래서 그녀의 그 희망을 부정하지는 않았다.

하지만 다른 누구도 아닌 절친의 신부 의상은 자신이 만들 것이라고 언제부터인가 자연스럽게 생각했었기에 역시 석연치 않은 마음이 남았다.

그래서 클로에는 패트릭 상대로 절친의 결심에 관해 푸념했다.

패트릭은 그것을 동기인 동료에게 이야기했다.

새색시와 그 절친은 동료의 소꿉친구였다. 동료도 관심 있을 이야기일 것이고, 새색시의 절친이 동료가 연모하는 상대라는 것은 직장 내에서 유명한 이야기였기에 가볍게 놀리려는 의도에서 입에 올린 화제였다.

그것을 들은 루돌프의 반응은 패트릭이 상상했던 것과는 달랐다.

그는 쑥스러워하지도 격앙하지도 않고 창백해졌다.

때에 따라서는『재앙의 마왕』이 내습했을 때보다도 심각한 폭동이 크로이츠 내부에서 발발할지도 모른다고 루돌프는 예측한 것이다.

사태의 심각함을 올바르게 깨달은 루돌프는 얻은 정보를 상사에게 신속히 보고했다.

이후 전개는 정말로 순식간이었다.

전시하에 단련된 모 조직은 그 긴급했던 때와 같은 긴박한 분위기를 띠고서 행동을 시작했다.

그 결과,『춤추는 범고양이』에 범행 성명이 보내졌고 라티나는『백금의 요정 공주를 보살피는 모임』이라는 집단에 의해 납치되었다.

요정 공주 친위대.
백금의 용사 VS
3. 후일담.

유난히 질 좋은 편지지에 힘찬 필체로 적힌 짧은 편지.

그 범행 성명을 본 데일의 얼굴에서 감정이 사라졌다.

하지만 그것은 한순간이었고, 맡은 물건이라며 범행 성명을 건넨 케니스를 향해 데일은 평소처럼 쓴웃음을 지었다. 달필로 적힌 편지를 카운터 위에 거칠게 내던졌다.

"그 아저씨들도 참 할 일 없네……. 이번에는 이런 장난을 시작한 건가."

데일과 단골손님 아저씨들이 알고 지낸 세월은 길다.

그 정도 세월이면 이것이 장난이고 격앙할 필요가 없다는 판단에 이를 수 있었다.

라티나 지상주의라는 가치관을 공유하는 상대임도 알고 있었다. 그녀를 어릴 때부터 계속 지켜봤고 무엇보다도 그녀가 행복해지기를 바란다는 점에서는 동지였다. 어떤 못된 장난을 치든 간에 라티나는 반드시 안전하리라고 단언할 수 있었다.

그리고 상대가 그런 아저씨들이기에 데일은 어른스럽지 못하고 속 좁은 남자라는 욕을 듣기 싫었다.

"뭐, 못된 장난이긴 하겠지."

대답하는 케니스의 목소리에 걱정하는 기색은 없었다.

라티나를 유괴했다는 범행 성명을 케니스는 안면 있는 단골손님에게 직접 받았다. 범인이 자기가 범인이라고 고백한 시점에 못된 장난이 될 수밖에 없다.

게다가 범인일 터인 단골손님에게 「밤 영업시간에는 아가씨를 제대로 보내주겠다」고 언질을 받았다. 유괴 장소에서 통근이 허락된 상황에 긴박감이 생길 리가 없었다.

"라티나도 단골손님(그 녀석들)이 자기를 예뻐한다는 걸 알 테니…… 대놓고 거절할 수 없었던 게 아닐까."

"뭐, 라티나한테는…… 친척 아저씨 같은 존재겠지……."

친가족과의 인연이 희박한 그녀에게 어릴 때부터 매일같이 곁에 있으며 자신을 지켜봐 준 아저씨들은 피가 섞이지 않았어도 역시 『특별』한 존재였다.

그런 상대이기에 라티나도 요구에 응한 것이리라.

서로 제대로 이야기한다.

그것이 라티나와 데일이 맺은 『약속』이었다.

라티나가 그 약속을 간단히 깨지는 않을 것이다. 데일과 단골손님들 사이에 끼어서 지금쯤 어쩔 줄을 모르며 곤혹스러워하고 있을 것이 틀림없다.

"뭐…… 라티나를 찾는 것도 어렵지 않고, 주모자는 한두 대 후려치도록 할까……."

어깨를 빙 돌리며 데일이 장난스럽게 말했다.

바로 그때였다. 데일뿐만 아니라 케니스도 타이밍을 잰 것이 아닐까 의심할 만큼 기가 막힌 타이밍에 한 청년이 『범고양이』에 들어왔다.

"실례합니다."

데일과 케니스에게 응시받은 청년은 조금 당황하면서도, 그가 어떤 사람인지를 나타내는 모스그린색 어깨 가방에서 봉투 한 장을 꺼냈다.

"데일 레키 님께 편지가 왔습니다."

날개 달린 봉투가 그려진 모스그린색 어깨 가방은 최대 규모를 자랑하는 우편배달 조합의 배달원임을 나타냈다.

"어어…… 데일 레키는 나야."

"네, 그럼 여기에 사인을 부탁드립니다."

배달원 청년은 봉투와 맞바꿔 수취증을 내밀었다. 수취증이 판에 고정되어 있는 것은 어느 곳에서나 물품을 주고받는 것이 가능하도록 하는 배려였고, 그가 내민 펜은 휴대하기 편하게 고안된 특수한 것이었다. 그런 사소한 요소들도 청년의 직업을 증명했다.

데일이 수취증에 사인하자 그는 아무 일도 없었던 것처럼 영업용 미소를 남기고서 떠났다.

데일과 케니스는 남겨진 봉투로 누가 먼저랄 것도 없이 시선을 떨어뜨렸다.

"……어디서 온 거야?"

"음…… 이 봉랍은!"

봉랍에는 인장 하나가 찍혀 있었다. 얼핏 보면 매우 심플하지만 실제로는 치밀하게 세공된 그 인장은 위조하기 몹시 어려웠다. 그것을 데일은 잘 알고 있었다.

그리고 이 인장을 쓸 수 있는 인물이 누구인지에도 곧장 생각이 미쳤다. 자연스럽게 얼굴이 굳었다.

"망할 할망구도 한몫 거들고 있는 건가……?!"

고향의 일족 중에서 당주만이 쓸 수 있는 인장.

그리고 그 인물은 데일이 아는 한에서 『못된 장난』을 가장 좋아하는 인물이었다.

"……아니, 단순한 우연일 가능성도 있어."

그렇게 대답한 케니스의 말에도 확신은 없었다.

케니스는 현역 시절에 데일의 조모 벤델가르드와 만난 적이 있다. 그녀의 눈에 들면서 데일을 맡게 된 것이었는데, 그때 벤 할멈의 터무니없는 성격과 실력을 눈이 아니라 몸으로 뼈저리게 알았다.

상황적으로 의심스럽다는 심정을 지우지 못한 채 시선을 이리저리 옮기는 케니스 앞에서 데일은 봉투를 뜯었다. 말은 험했으나 봉투를 뜯는 동작은 의외로 정중했다. 내용물을 꺼내 흘깃 본 데일의 미간에 깊은 주름이 잡혔다.

"왜 그래?"

"……당장 본가(이쪽)에 오래……. **그때** 빚진 걸 은근히 내비치면서……."

못마땅한 얼굴로 중얼거렸다.

마왕 관련으로 전 세계를 돌아다녔을 때, 고향의 조력은 대단히

켰다. 티스로우와 그곳을 다스리는 조모의 힘이 얼마나 큰지를 알기에 데일은 그것을 꺼내면 할 말이 없었다.

원래 고향에 돌아가려면 한 달 가까이 걸리고 공작 각하에게 허가도 받아야 한다. 가고 싶다고 쉽사리 돌아갈 수는 없었다. 하지만 데일이 상식의 범주를 벗어난 존재로 변하여 며칠 만에 귀향할 수 있음을 조모와 부친은 이미 알고 있었다. 간단히 호출한 이유도 그래서일 것이다.

동시에 데일이 그런 말도 안 되는 행동을 할 수 있는 『이유』를 공작 각하에게 이야기할 수는 없었다. 그렇다면 비밀리에 일을 끝내는 편이 낫다.

"으……."

그리고 무엇보다도 조모의 편지를 데일이 무시할 수 없었던 것은 귀향의 목적에 있었다.

"나랑 라티나의 결혼 의식에 관해 확인하고 싶은 게 있으니까 일단 오라는 것 같아."

"그건, 뭐, 경사스러운 일이네. 라티나는 없어도 괜찮은 거야?"

"의식도 준비도 우리 집에서 하니까. 라티나는 그때 자세히 알려주면 될 것 같다고 하고, 역시 그렇게 가파른 산을 라티나한테 넘게 할 수는 없으니까……."

"라티나뿐만 아니라 본업 모험가도 넘기 싫을걸. 나도 넘고 싶지는 않아."

"그렇겠지."

크로이츠와 티스로우 사이에는 험한 산맥 지대가 가로지르고 있다. 제대로 된 덤불길조차 없고 만족스럽게 휴식할 장소도 없다. 그런 험한 길을 지나야만 했다. 아무리 마인족이 튼튼하다고는 하지만 데일이 라티나에게 그런 험한 곳을 가게 할 리가 없었다.

그리고 티스로우 측도 마침내 첫째 아들에게 시집온다는 대망의 신부에게 그런 무리를 강요하지 않았다.

상대가 아들(데일)이라면 아무렇지도 않지만. 그런 의식이 알기 쉽게 드러나 있었다.

“늦으면 늦을수록 라티나와의 결혼식은 늦어지고…… 이왕이면 날이 좋을 때 해치워 버리고 싶은 마음도 이해가 가고…….”

크리소스 체재 중에 때늦은 눈이 내렸던 크로이츠지만 왕도에 다녀오는 사이에 계절은 바뀌어 이미 초여름을 맞이하고 있었다. 무심결에 뒤로 미루다 보면 따뜻한 계절은 순식간에 지나가 버린다. 고향은 눈이 많이 내리는 지역이라 겨울이 길었다.

“어쩔 수 없지. 즉각 이 난리를 끝내고 라티나에게 한마디 남긴 다음에…….”

“갔다 오는 게 어때?”

케니스가 그렇게 말한 것은 그가 쌍방의 감정을 아는 중립적인 위치에 있기 때문이라고도 할 수 있었다.

케니스에게는 데일의 생각도, 그렇기에 이런 소동을 일으킨 단골 손님들의 의도도 훤히 보였다.

“라티나한테는 내가 말해둘게. 넌 이곳에서 잠시 벗어나서 바보

들이 냉정해질 시간을 주는 게 어때?"

"……."

케니스의 제안에 재차 데일의 얼굴에서 감정이 사라졌다.

그런 데일의 시선을 받고 케니스의 등에 오싹한 오한이 일었다. 현역 시절에 맛보았던 어떤 절망적인 상황의 감각보다도 강하게 느껴지는 본능적인 공포에 온몸이 떨렸다.

그러나 한편으로 케니스는 진심으로 기가 막혔다.

"……너…… 얼마나 라티나에게 의존하고 있는 거야……."

크헉, 얼빠진 소리를 내며 데일은 뿜었다.

"무, 무, 무…… 무슨…… 무슨 소리야……?!"

살기가 사라졌다.

아무래도 정곡을 찌른 모양이다.

동요하여 허둥거리면서 돌아온 감정은 수치심이라 데일은 순식간에 얼굴을 새빨갛게 물들였다. 오랫동안 우호 관계를 쌓은 인간에게조차 가차 없이 살기를 줄줄 흘리던 조금 전의 대마왕 같은 모습은 찾아볼 수 없었다.

"라티나가 행방불명됐을 때의 네 모습은 이해하지만…… 이 정도 『장난질』에 진심으로 화내는 건 좀 아니지 않아?"

라티나를 불합리하게 빼앗겼을 때는 생사도 확실하지 않은 상태였다. 그 누구보다도, 그 무엇보다도 그녀를 사랑하는 데일이 미친

듯이 격노하는 것도 당연했다. 그러나 이번에는 같은 선상에 놓고 이야기하기도 뭣한 놀이였다. 같은 선상에 놓고 이야기하면 토벌된 마왕이 서러워서 성불하지 못할 것이다.

"……그야…… 뭐, 그렇지만."

우물쭈물 동의하는 데일도 그 자각은 있는 듯했다.

"그냥 너는…… 단순히 라티나와 애정 행각을 벌일 시간이 줄어들어서 화난 거잖아……?"

"노골적으로 말하네."

"사실이니까. 말을 꾸며봤자 무슨 소용이 있겠어."

케니스의 말에 데일이 자신의 머리를 거칠게 헝클었다. 민망해하는 데일의 모습을 보고 케니스는 한숨을 한 번 쉬고서 저도 모르게 어깨에 들어가 있던 힘을 뺐다.

"너도 좀 냉정해져. 그다음에 이 소동을 일으킨 상대와 정면으로 마주해."

"유난히 저쪽 편을 드네……."

"『용사님』한테 이 정도는 핸디캡도 안 되잖아?"

이야기하는 동안 데일에게서 험악한 기운이 완전히 사라졌다. 보여주기식이 아니라 마침내 원래 모습으로 돌아온 『친동생 같은 존재』를 보고 케니스는 안도했다. 그와 동시에 어이가 없는 것 또한 본심이었다. 유감스러운 데도 정도가 있다.

"대소동…… 바보 같은 일로 진지하게 야단법석을 떠는 건, 뭐, 일종의 축제 같은 거니까."

후련해진 것처럼 그렇게 말한 데일은 아무래도 이 소동을 즐길 만한 마음의 여유를 되찾은 모양이었다.

진설급 『용사』를 포함한, 거친 일 선문가들의 진지한 대소동. 그러면서도 혼돈하지 않은 이 민폐밖에 안 될 일의 무대가 되는 것이 도시 전체라는 것에 대한 배려는 논해지지 않았다.

"어쩔 수 없지……. 그럼 일단 망할 할망구가 이 일에 관여하지 않았나 보고 올 테니까…… 라티나한테 그렇게 전해줘."

"그래. 무슨 일이 생길 시 빈트를 보내면 어떻게든 되겠지."

너무나도 유능한 멍멍이였다.

데일은 웃으며 의자에서 일어나 짐을 챙기러 다락방으로 향했다.

그렇게 데일이 바로 출발하기로 한 것은 진정된 심정을 그대로 유지하기 위함이기도 할 것이다. 조금이라도 라티나의 모습을 본다면 언제 그런 말을 했냐는 것처럼 평상심을 내팽개치고 그녀를 전력으로 가두려고 할 자기 자신을 데일은 비교적 제대로 파악하고 있었다.

그렇게 데일이 고향으로 출발한 후.

밤 영업시간이 되기 전에 라티나는 정말로 돌아왔다.

"어? 데일이?"

고향에서 급히 불러 데일이 나갔다는 이야기를 케니스에게 듣고 라티나는 슬픈 얼굴이 되었다.

왕복해서 일주일 만에 돌아올 예정이라는 것은 본래 말도 안 되는 단기간이었다.

"제대로 배웅 못 했어……. 데일, 화났어?"

"뭐, 화도 내고 어이없어하기도 했지."

케니스가 그렇게 대답하자 라티나는 살짝 뾰로통한 얼굴로 주위 단골손님들을 둘러보았다.

라티나의 모습을 보건대 데일이 급하게 고향으로 향한 것은 그녀도 예상하지 못한 사태인 듯했다.

"데일한테는 이것저것 비밀이란 말을 들었지만…… 그래도 가능한 한 상담하려고 했어. 설마 나갈 일이 생길 줄은 몰랐으니까……."

라티나는 그렇게 말하고 의기소침하게 어깨를 떨구었다.

영문도 모른 채 단골손님들에게 끌려갔지만 『범고양이』에 일하러 가는 건 괜찮다고 해서 그때 데일과 이야기하면 되겠다고 생각했었다.

갈 곳이 확실하니 그렇게까지 걱정을 끼치지도 않을 것이라고 낙관적으로 생각했다.

본래 라티나의 인식은 상식과 그리 동떨어진 것은 아니었다. 그녀는 단골손님들이 『범행 성명』을 데일에게 보냈다는 것을 몰랐다. 데일을 놀라게 할 준비를 하는 것이라면서 협력을 요청받았을 뿐이다. 한동안 외박하게 되겠지만 케니스와 데일에게는 미리 설명해 주겠다고도 했다.

틀린 말은 하지 않았으나 실제로 펼쳐진 일은 라티나의 상상과 전혀 달랐다.

"결국 저 단골손님(바보)들은 뭘 꾸미고 있는 거야?"

"나한테는 데일을 설득하기 위한 일이라고 했어. 무엇을 어떻게 설득한다는 건지는 잘 모르겠지만……."

잘 모르는 일에 휘말린 것치고 라티나는 어딘가 즐거워 보였다. 케니스의 의아한 시선을 깨달았는지 라티나는 난처한 미소를 지었다.

"왠지 다들 즐거워 보여서…… 안 된다고 말할 수가 없게 됐어……."

"뭐, 저 녀석들도 라티나의 그런 성격을 알고서 저지른 거겠지."

"데일에게 위험한 짓을 하려는 거라면 절대로 반대하겠지만…… 그런 건 아닌 것 같았고. 즐거워하는 손님들을 보고 있으니 데일도 결국은 함께 즐기지 않을까 하는 생각이 들어서……."

"그래서 얌전히 끌려간 건가."

케니스가 그렇게 말하자 라티나는 짓고 있던 쓴웃음을 조금 겸연쩍은 표정으로 바꾸었다.

"그리고 나도 조금 즐거워져 버렸으니까."

『못된 장난』의 범위는 이렇게 넓어져 갔다.

†

크로이츠에서는 때때로 땀이 날 만큼 더운 날씨도 드물지 않은데, 계절이 늦게 찾아오는 티스로우는 한창 봄이었다.

온화한 햇살이 복잡한 문양의 융단 위에 양지를 만들었다. 그 방의 주인인 작은 체구의 노파는 담배 쟁반을 끌어당겨 익숙한 손놀림으로 담뱃대에 연초를 넣었다.

"저쪽과 비교하면 그렇게 덥지도 않아. 지금부터 준비하면 한여름이 오기 전에 결혼식을 올릴 수 있겠지."

이미 평균보다 장수한 편에 드는 벤델가르드지만 변함없는 모습으로 데일을 맞이했다.

데일은 단골손님들이 주최하는 소동에 조모가 십중팔구 가담했으리라고 여겼었다. 무슨 일이든 재미있어하는 조모다. 가담하지 않을 리가 없다.

하지만 담배를 피우는 조모의 모습은 평소와 전혀 다를 바가 없어서 확증을 얻을 수가 없었다.

"갑자기 오라고 하고, 대체 뭘 꾸미고 있는 거야."

"누가 들으면 오해하겠군. 이렇게 나한테 뭐라고 하기 전에 냉큼 라티나랑 결혼식이나 올려."

"나도 제대로 생각하고 있어."

"너한테 맡겨두면 내가 살아 있는 동안 라티나의 신부 모습을 볼 수 없을 것 같단 말이지."

벤 할멈은 그렇게 말하고서 자신의 방 한쪽 구석에 펼쳐져 있는 티스로우의 전통 신부 의상을 담뱃대로 가리켰다.

"옷 수선에도 며칠은 걸리니 말이다. 결심하기까지도 시간이 걸리더니 그 후로도 이렇게 꾸물거릴 줄이야."

"꾸물거리는 거 아니야."

영웅담이 전해지는 용사라고 해도 조모에게는 언제나 건방진 손자일 뿐인 모양이었다.

"데일, 대충이라도 좋으니까 라티나의 키를 알 수 있을까?"

"어…… 프리다보다 조금 작으려나."

"어깨 폭은 어때?"

"더 아담하고……."

모친 마그다의 기세에 약간 눌리면서 데일이 대답하자 신부 의상에 자를 대며 마그다는 잠시 생각에 잠겼다.

데일이 라티나에 관해 이야기하며 꼼지락꼼지락 움직인 양손을 보고 뭔가 생각되는 바가 있는 듯했다.

"이 부분은 꽤 줄이는 편이 좋겠어. 상당히 호리호리한 것 같으니까."

"이쪽은 어떻게 할까요?"

"여기를 조금 집을까. 아아, 하지만 몸통은 너무 줄이지 않는 편이 좋겠어."

치마의 허리 부분은 대담하게 조이는 것을 제안하면서도 상반신 쪽은 어깨 폭을 줄이는 데서 그치는 것을 제시했다.

역시 데일의 모친이라고 해야 할까, 마그다는 아들의 꼼지락거리는 손짓만 보고도 라티나가 상당히 좋은 몸매로 자랐음을 헤아린 모양이었다. 전체적으로 날씬하게 만들면 무사히 성장을 이룬 부분의 사이즈가 꽉 낄 것을 눈치챘다.

"어머님, 이쪽은 제가 할 테니 허리띠 쪽의 수선을 부탁드릴게요."

"그래. 그리고 요르크에게 준비 절차에 관해 들어두렴."

데일에게 제수씨가 되는 프리다는 티스로우 출신이 아니었다. 그래서 티스로우의 전통 의상에 관해 모르는 부분도 있는 모양이라 어려운 곳의 수선은 마그다가 맡았다.

모친과 제수씨가 바느질하는 것이 제 신부의 옷이라고 생각하니 데일의 얼굴은 쑥스러움 어린 미묘한 표정이 되었다.

"네 옷도 수선해야 하려나. 더 커질 줄은 몰랐는데."

데일의 팔 부근을 보고 마그다는 조금 질린다는 얼굴을 했다. 라티나를 데리고 귀향했을 무렵과 비교하면 키는 성장을 멈췄지만 체격은 다소 탄탄해졌다. 부친과 비슷해진 느낌도 들어서 미묘한 심정이었다.

"나는, 딱히 그렇게까지 안 해도 괜찮아……."

"네가 그렇게 말하는 거야 늘 있는 일이지만. 신부를 생각하면 꼴사나운 모습을 보일 순 없잖니."

괜히 쑥스러워서 퉁명스럽게 말한다는 것 정도는 엄마에게 훤히 보였기에 간단히 반박되었다.

무시무시한 용사인 데일이지만 본가의 여성진 앞에서는 아무래도 강하게 나갈 수 없었다.

"이쪽은 이쪽대로 준비해둘 테니 제대로 신부를 준비시켜서 오거라."

히죽히죽 웃으며 담배를 피워 가늘게 연기를 토한 조모는 장난꾸러기와 별반 차이 없는 표정을 짓고 있었다.

여차여차 조모와의 용건을 끝내고, 모친이 주도하는 의상 수선 관련으로도 치수 측정을 끝냈으니 데일은 곧장 크로이츠로 돌아가려고 했지만 그럴 수 없었다.

"어땠지?"

짧게 물은 것은 명목상으로는 여전히 존명한 조모가 일족의 당주여도 명실상부 당주로서 인정받고 있는 부친 랜돌프였다.

네일은 돌아올 거면 바실리오에 견본으로 제시했던 마도구를 가져오라는 전갈도 받았다.

그리고 그 결과가 어떻게 됐는지 말하라는 것이 랜돌프의 이 짧은 물음이었다.

"아…… 일단 편지로도 알렸지만, 회렴석이 들어간 마도구를 헌상했어. 저쪽 나라에서는 구 형태로 연마해서 이어 다는 게 일반적인 가공법인 모양이야. 연마해서 커팅하는 가공 자체에 관심을 보였어."

"그런가."

"바실리오에서 산출하는 광물에 관해서도 물어봤는데…… 이건 나중에 보고서로 정리할게. 나도 이것저것 바빴거든."

"흠. ……그런데."

데일이 가져온 마도구를 다 확인한 랜돌프가 아들을 보았다.

"너라면 아가씨에게 선물한다면서 전부 산다고 할 줄 알았더니, 마음에 드는 게 없었나?"

아빠의 말에 아들의 표정이 일그러졌다.

모든 것을 간파당하고 있는 기분이었다. 하지만 단순히 라티나가 엮였을 때 데일의 행동이 너무 읽기 쉬울 뿐이었다.

데일은 사들여도 좋다고 생각했으나 그것을 라티나가 지극히 정상적인 금전 감각의 소유자로서 거부했다.

데일의 성격을 잘 아는 서민적인 소녀는 자신의 약혼자가 자신을 매우 아끼고, 자신과 관련된 일에는 금전 감각이 마비되는 것을 알고 있었다. 그래서 그녀는 어릴 때부터 필요 이상으로 물질을 조르지 않았다. 이번에도 언니와 똑같은 물건을 가진다는 이유로 딱 하나 수중에 두는 것을 승낙했다.

"……곧 며느리가 될 텐데 『아가씨』라고 부르는 건 이상하지 않아?"

"으음……."

그런 자기 자신을 알기에 데일은 아버지가 싫어할 만한 발언을 하여 보복하는 것을 선택했다.

"그냥 이름을 불러도 되는 걸까……."

데일의 말에 랜돌프가 곤혹스러운 표정으로 대답했다.

며느리가 된다고는 하지만 라티나는 아들보다도 상당히 어리다. 새삼 『며느리』라고 부르기에는 왠지 쑥스러웠다. 그리고 그녀가 어릴 때부터 이미 그 편린이 보였으나, 이웃 나라의 동생 공주라는 것도 수긍이 갈 만큼 라티나는 기품 있고 아름다웠다. 이런 촌구석에 사는 사람으로서 위축되는 것도 어쩔 수 없었다.

촌사람이라는 것과는 상관없이 이웃 나라의 공주를 며느리로 들이는 것 자체가 말도 안 되는 일이라는 사실은 일단 넘어간다. 그 부분을 담담히 받아들이는 것은 역시 데일의 아버지이자 벤 할멈의 아들다웠다.

"아버지가 괜히 긴장하면 라티나도 긴장할 테니까……."

시아버지와 며느리가 서로 긴장하며 존댓말로 대화하는 모습이 생생히 떠올랐다. 뭐, 그건 그것대로 조금 보고 싶기도 했다.

데일은 그런 생각을 했다.

"……만약 내가 전부 사겠다고 했으면 결혼을 축하하는 의미에서 깎아줬어?"

"넌 돈을 잘 버니까 오히려 부모한테 웃돈을 얹어줘도 될 것 같다만."

"그럴 줄 알았어."

부친의 대답이 예상대로였기에 데일은 익숙하게 쓴웃음으로 반응했다.

참고로 크리소스에게 헌상한 마도구는 티스로우에서 보낸 선물이지만, 라티나의 것은 데일이 값을 치렀다.

그 사실을 라티나가 알면 고사할 것 같았기에 데일은 몰래 고향에 송금했다.

어렵게 생각할 것 없는 단순한 이유에서였다. 데일로서는 사랑하는 여성에게 자기가 직접 선물하고 싶었다. 그저 그뿐이었다.

†

"……자, 그럼."

결국 고향에서 예정보다 더 오래 체재하게 되어 데일은 보름 가까이 지난 후에야 크로이츠에 돌아올 수 있었다.

보고서를 완성하는 것 외에도 이것저것 결혼식을 준비한 결과,

그만큼 시간이 걸려버린 것이다. 더불어 당주 집안으로서 할 일을 얼마간 도운 것 같지만, 기분 탓이라고 생각하고 싶다.

마왕 섬멸 여행이 무사히 끝났고 이웃 나라의 떠들썩한 마왕도 자기 나라로 돌아간 직후이니 공작 각하의 호출은 없으리라고 예상했기에 편하게 지낸 것이기도 했다.

귀갓길도 산간 지대를 강행 돌파하는 것을 택했다.

라티나를 데리고 이 길을 갈 수는 없지만, 느긋하게 둘이서 또 고향으로 여행하는 것도 나쁘지는 않다. 이왕이면 그대로 한동안 그녀와 여기저기 돌아다니는 건 어떨까, 그런 생각을 했다.

"그러려면 일단 라티나를 맞이하러 가야겠지."

중얼거리며 데일은 왼손에 의식을 집중했다.

『여덟째 마왕』인 라티나의 권속으로서 거기에 새겨진 『이름』은 마왕(주인)인 그녀와 이어져 있는 증거이기도 했다.

"내가 라티나를 찾는 데 무슨 수단을 쓸지 저쪽에서 어떻게 생각하는지는 몰라도……."

양동 작전을 포함하여 가짜 정보를 크로이츠 전체에 흘렸을 것이다. 평범하게 생각하면 유효한 수단이다.

다만 현재의 데일은 굳이 수소문하지 않아도 그녀와의 이 『접속』을 더듬어 그녀가 어디 있는지 대강 위치를 알 수 있었다.

'하지만 기습은 어렵겠지.'

내심 독백하고서 라티나의 기척이 강한 방향으로 걸음을 옮겼다.

라티나 옆에는 고성능 레이더 멍멍이가 당연하다는 얼굴로 자리하고 있을 것이 틀림없다. 데일이 고향에서 귀갓길에 올라 크로이츠에 돌아온 것도, 자신들이 있는 곳으로 다가오고 있다는 것도 파악하고 있으리라.

“뭐, 『바보들의 소동』이니까. 정면으로 무찔러주는 게 예의겠지.”

데일은 어깨를 빙 돌리며 그렇게 말하고서 사로잡힌 공주님을 맞이하러 가기 위해 서구로 걸어갔다.

크로이츠는 그 이름대로, 비뚤어지기는 했지만 십자 형태의 도시다. 동서남북은 각각 특색이 있었다. 동구는 상점과 장인 거리가 있는 상업 지역이고, 『춤추는 범고양이』가 있는 남구는 서민 동네임과 동시에 여행자를 위한 시설이 모여 있는 식이었다. 중앙에 영주관이나 행정 건물, 신전 등이 모여 있지만 북구 쪽은 귀족 등 특권 계급의 저택이 있는 구역이었다.

그리고 서구는 크로이츠 안에서 북구 다음가는 고급 주택가였다.

하지만 그렇다고 데일과 같은 모험가와 전혀 무관한 장소는 아니었다. 크로이츠의 명사 중 한 사람인 질베스터처럼 성공한 사람으로 꼽히는 모험가 중에는 서구에 저택을 둔 자도 적지 않았다.

『범고양이』의 단골손님 명단에는 그렇게 성공한 사람도 이름을 올리고 있었다.

설령 대낮부터 싸구려 술을 마시며 카드 도박을 즐기는 아저씨로만 보이더라도 그러했다. 사람은 겉모습만 보고 알 수 없었다.

그래서 데일은 이번 『소동』의 개최 장소는 그런 모험가의 저택 중 하나일 것이라고 짐작했다. 그 아저씨들이 사랑해 마지않는 라티나를 지저분한 폐가에 연금(?)하며 묵게 할 리가 없었다.

'라티나는 그것도 즐길 것 같지만…….'

그녀라면 보름 만에 폐가를 쓸고 닦아 리폼해버릴 것 같았다. 상상 속의 그녀는 매우 생기발랄하게 대걸레질하고 페인트칠을 했다. 공주님 업무를 수행할 때보다도 즐거워 보였다. 그런 생각이 들어서 데일의 표정이 저도 모르게 풀어졌다. 긴박감은 전무했다.

한 저택 앞에서 발을 멈췄다.

동구나 남구와는 비교도 되지 않는 규모의 부지를 가진 저택이었다. 높은 담장 너머에 넓은 앞마당이 있고 더욱 안쪽에는 선명한 빨간 지붕이 펼쳐져 있어서 저택의 크기를 엿볼 수 있었다.

하지만 그런 것보다도 데일은 담장 너머에서 느껴지는 많은 사람의 기척 쪽에 의식을 보냈다.

쓴웃음이 나왔다. 아무래도 상대는 숨길 생각도 없는 듯했다.

예상대로 저쪽도 자신을 기다리고 있었던 것이다.

검은 뽑지 않았다.

이것은 어디까지나 『놀이』였다.

저택 부지 안, 문 너머에 펼쳐진 넓은 정원으로 발을 들였다.

방문도 고하지 않고 불법 침입 중이라는 자각이 있는 데일이 사납게 웃은 것은 복면을 쓴 많은 남자들이 그를 향해 일제히 달려들었기 때문이다.

눈 부분에만 구멍이 뚫린 마대를 뒤집어쓴 집단이었다.

각각 긴 막대나 곤봉 등의 무기를 들고 있었다. 날붙이를 든 사람은 없는 듯하지만 충분히 살상 능력이 있었다.

"잠깐만……! 역시 이건 너무하잖아!"

데일이 짧게 외쳤다.

하지만 그건 맨손인 상대에게 흉기를 들고서 덮친 것에 대한 불만이 아니었다.

"너희들 쪽이 수상한 인물이야!"

틀림없이 불법 침입자인 데일이 참지 못하고 태클을 건 것은『수상한 인물』들의 반수 가까이가 본래 수상한 인물을 잡아야 할 헌병 제복을 입고 있었기 때문이다.

나머지 절반은 의복도 장비도 제각각이지만 아마 모험가일 것이라고 예상은 갔다.

범행 성명을 보낸 집단을 봐도 추측 가능한 구성원이었다.

마대로 얼굴을 가렸다고 해야 할지, 얼굴밖에 안 가렸다고 해야 할지. 어쨌든 몹시 수상한 모습이었다.

한편 습격한 측도 당황했다.

데일이 부지 안에 발을 들인 순간, 담장 옆에 대기 중이던 습격자들은 사전에 협의한 대로 그물을 투척했다. 동시에 제1진이 무기를 들고 달려들었다. 아무리 이쪽의 존재를 눈치챘어도 한정된 입구에서 일제 공격은 피할 수 없다.

그럴 터였다.

그랬는데 데일의 모습을 놓쳤다. 목표를 잃은 그물이 아무것도 잡지 못한 채 지면에 떨어졌고, 내려친 무기가 딱딱한 지면을 때렸다.

그들도 거친 일 전문가를 자칭하는 자들이었다.

하지만 이번만큼은 자신이 있었기에 상대의 실력을 오인했다고 할 수 있었다.

도움닫기도 없이 성인 남성의 키를 가뿐히 뛰어넘는 동작은 『인간』에게 불가능하다.

그들은 상대가 『인간』라고 생각한 탓에 이 유감스러운 용사의 움직임을 완벽하게 예측하지 못한 것이다.

그리고 그 사실을 습격자들이 깨달은 것은 포위망 바깥쪽에서 걷어차는 데일의 반격을 받은 뒤였다.

잠복을 알고 있었던 데일은 부지 안에 침입함과 동시에 상대의 행동을 확인하고, 그물이 투척되기 전에 회피 행동으로 이행했다. 마족이 되면서 얻은 규격을 벗어난 신체 능력은 순발력과 도약력으로도 나타났다. 뛰기 위해 한 걸음만 도움닫기를 해도 상대의 배후로 돌아들 수 있었다. 수월하게 착지한 데일은 그대로 제일 뒤에 있던 복면남에게 발차기를 날렸다.

발차기에 다소 힘이 들어갔지만, 내장 파열 등이 일어나지 않도록 둔부를 노리는 세심함도 잊지 않았다. 이런 『놀이』로 사망자를 낼 수는 없었다. 라티나가 울 것이다.

하지만 그렇다고 상대를 상처 없이 멀쩡하게 두겠다는 것은 아니었다. 치명상만 피한다면 어떻게든 되리라고 판단했다. 아무튼 주최자가 주최자다. 회복 마법 요원을 대기시켰으리라는 신뢰 같은 것이 있었다.

그대로 몇 명을 다리 후리기로 한꺼번에 넘어뜨렸다. 그때에는 맨 처음 발차기를 맞고 날아간 사람이 기세를 죽이지 못하고 전방에 있던 집단과 격돌해 대열을 흐트러뜨리고 있었다. 하지만 생각보다 혼란은 일어나지 않은 듯했다. 곧장 데일의 위치를 확인하고서 태세를 바로잡으려고 했다. 판단은 나쁘지 않았다. 헌병과 모험가라는 별개의 조직이 연합했는데 연계도 나쁘지 않았다.

데일의 입꼬리가 아주 조금 올라갔다.

크로이츠의 『젊은이들』은 나쁘지 않다. 훌륭하다. 그렇게 생각하는 자신이 어느새 아저씨들과 가까운 측에 있다는 것에 쓴웃음만 지어졌다.

근처에 있던 자의 팔을 잡으면서 다리를 걸어 자세를 무너뜨렸다. 장난기도 더해져서 문득 생각난 대로 덩치 큰 남자를 양손으로 가뿐히 들어 올렸다. 의외로 가능했다. 들어 올려진 것이 충격적이었는지 남자는 얌전히 몸을 굳히고 있었다.

보통은 체험하지 못했을 자세이니 그럴 만도 하다고 태평한 감상을 품으며 데일은 불쌍한 피해자를 휙 던졌다. 그 자신도 인간을 투척 무기로 쓴 것은 처음이었다.

그 간악무도함이 조금 즐거웠기에 신이 나서 그대로 몇 명 던졌다.

좌우에서 제법 훌륭한 콤비네이션으로 달려든 몽둥이는 비갑으로 쳐내도 괜찮았겠지만 낮은 자세로 상대와 거리를 좁혀 회피했다. 허공을 가른 목재가 뒤에서 맞부딪치는 딱딱한 소리를 들으며 바탕손을 내질렀다. 뒤돌아보면서 발을 뻗어 상대의 무기를 부러뜨리고 다른 한 명도 날려버렸다.

말 그대로 인간이 아닌 유감스러운 용사는 그렇게 자신이 『전설급』 영역에 도달해 있음을 이 자리에 있는 사람들에게 보였다. 일기당천이라는 비유가 실행에 이르는 광경은 악몽과 같았다. 거한이 또 한 사람 하늘을 날았다.

모든 복면남이 신음하며 쓰러졌을 때, 데일은 숨을 고르는 기색조차 보이지 않았다. 상대의 인원수를 생각하면 순식간에 해치웠다고 해도 좋았다.

주위를 쭉 둘러보고 전투를 이어갈 수 있는 자가 없음을 확인한 데일은 저택의 문손잡이를 잡았다. 문은 잠겨 있지 않은 듯했다. 함정일지도 모른다는 의심이 들었으나, 상대의 심정이 되어 생각해 보니 답이 나왔다. 문 따기 스킬이 없는 데일이 잠긴 문을 열 수단으로 강구할 방법은 파괴뿐이다. 가차 없이 때려 부술 것이다.

그것은 집주인으로서 피하고 싶은 사태이리라. 이토록 훌륭한 저택이다. 공들인 양식의 문을 수리하려면 돈이 많이 들 테고, 문이 수리될 때까지 집을 활짝 열어두는 것은 환영할 사태가 아니었다.

함정이 있더라도 물러날 수는 없다.

그 결의 표명만을 떼어놓고 보면 영웅담의 용사다운 생각을 하고 있는 데일은 저택 내부에 발을 들였다.

달칵, 이 자리에 어울리지 않을 만큼 한가롭게 문이 닫히는 소리가 울리자 여기저기서 한숨이 터져 나왔다.

"하아……."

그중 한 사람이 대자로 뻗은 채 단식하고서 복면을 벗었다. 땀 때문에 이마에 달라붙은 타고난 **빨간 머리**를 거칠게 쓸어 올렸다.

"스치지도 않았어……."

"아야야…… 너는 괜찮아?"

마찬가지로 복면을 벗은 동료가 말을 걸자 빨간 머리 청년은 힘없이 대답하며 몸을 일으켰다. 바닥에 부딪힌 등뿐만 아니라 이곳저곳이 아팠다.

"……뭔가, 여기까지 오니까 오히려 웃음이 나네."

"저건…… 정말 괴물이야……."

아무래도 그렇게 생각한 것은 자신만이 아닌지 주위에서 몇 명이 비슷하게 힘없이 웃었다.

투망에다가 무기까지 들고서 압도적인 수로 습격했음에도 불구하고 상대는 상처 하나 입지 않았다. 격이 다르다는 여유를 과시하며 결국 상대는 끝까지 무기를 뽑지 않았다.

"한 대 때리고 싶었는데……."

"이토록 확실하게 알게 되니까 단념도 되네."

자연스럽게 어깨가 처졌다. 하지만 어째선지 생각만큼 비통하지는 않았다.

『요정 공주 친위대』에 소속된 자들 중에서 그녀와 동년배인 젊은 구성원들은 그녀에게 연애 감정을 품은 자가 적지 않았다.

라티나는 엄청나게 예쁜 소녀 이자 누구에게나 밝고 상냥하게 웃어주는 『범고양이』의 간판 아가씨다. 때때로 즐겁게 흥얼거리는 콧노래의 음정이 이상한 것이나 천진하고 어리바리한 모습도 거들먹거리지 않는 인품이 보여서 사랑스러웠다.

가까이 있기에는 과하게 파격적인 아이돌이었다.

연애 감정이나 동경의 대상이 될 수밖에 없었다.

이번 『소동』을 벌이면서 『친위대』의 상층부 아저씨들은 그런 그들을 부추겼다.

그러면서 개최된 것이 『데일을 한 대 때리자 대회』 기획이었다.

뭐, 그건 『범고양이』의 단골손님이라면 많든 적든 생각한 적이 있는 일이었다.

유감스러운 용사는 주변 시선에도 아랑곳없이 틈만 나면 라티나와 애정 행각을 벌였다. 그런 광경에 상심한 사내들이 속으로 울든 말든 신경도 안 쓰는 폭거였다.

저 녀석을 한 대 때리고 싶다. 그렇게 생각하는 자가 한둘이 아닌 것도 납득이 가는 광경이었다.

이 기획에 찬성한 젊은이들의 심정에 결코 적지 않은 동경 — 후세까지 전설로 회자될 영웅에게 한 번은 도전해보고 싶은 마음 — 이 숨어 있음을 아저씨들은 지적하지 않았다.

오히려 그들의 심정을 감춰주기 위해 짐짓 바보 같은 소동이니까 한 대 때리라고 부추긴 것일지도 몰랐다.

현실은 힘과 격의 차이를 통감하는 결과가 됐지만, 자신들이 비겁한 짓을 했다는 자각이 있기에 습격자들은 웃을 수밖에 없었다.

그리고 그 이상으로 『동경하는 용사』가 압도적인 강자로 있어줘서 다행이라는 안도도 그 심경 속에 포함되어 있었다.

"하아……."

한 번 더 한숨을 쉰 빨간 머리 청년은 주위를 둘러보았다.

다음에 『그녀』와 만날 때, 본심이야 어떻든 간에 자신은 축복의 말을 건네게 될 것이다.

"평생 넘어설 수 없는 상대로 있어주는 편이…… 좋을지도 모르지만."

어릴 때부터 계속 쫓았던 등이 지금도 여전히 멀리 있음을 알았어도 청년의 얼굴에 그늘은 없었다.

그리고 그는 같은 뜻 — 한 대 때려보고 싶었다 — 을 가진 동료들과 함께 철수 작업으로 이행하고자 아픈 몸을 이끌고 걷기 시작했다.

한편 데일이 들어간 저택 내부는 밖에서 보고 짐작한 대로 꽤 호사스러웠다. 뻥 뚫린 현관홀만 봐도 상당히 품위 있는 인상이었다.

크림색 스트라이프 벽지도, 적갈색 목제 가구와 거기에 배치된 미술품도, 라반드국에서도 손꼽히는 귀족인 공작가에 드나들며 심미안이 단련된 데일이 보기에도 훌륭했다. 벼락부자는 흔히 저택에 화려한 장식품을 너저분하게 늘어놓고는 하는데 그런 것도 없었다.

저렴한 술집에서 값싼 술을 마시는 아저씨의 저택이라고는 생각할 수 없었다.

그렇게 따지자면 데일 자신도 그의 지위나 자산을 생각하면 말도 안 되는 일임에도 그 저렴한 술집의 창고인 다락방에 기거하고 있지만, 그가 자기 상황은 나 몰라라 하는 것도 항상 있는 일이었다.

현관홀 정면에는 위층으로 올라가는 계단. 좌우에는 가구와 색조를 맞춰 조각된 문이 있었다.

어느 쪽으로 가야 하나 싶어서 데일이 멈춰 섰다. 그 순간을 가늠한 것처럼 좌측 문이 열렸다.

"훗훗훗……."

작위적인 웃음과 함께 나타난 상대를 보고 데일은 허를 찔린 표정을 지었다.

좀 더 정확하게 표현하자면 어이없다는 표정을 지었다.

"……너, 이런 데서 뭐 해."

"훗훗훗……."

"컹컹컹……."

막대기 하나를 들고서 빈트를 타고 있는 것은 데일이 얹혀사는 『춤추는 범고양이』의 장남인 테오도르였다.

불량하게 웃고 있는 것이, 뭐랄까, 애송이다웠다. 그리고 테오를 태우고 있는 멍멍이의 의기양양한 얼굴은 더더욱 애송이다웠다.

"그런 걸 휘둘러도 네가 나를 막을 수 있을 리가……."

데일이 그렇게 말하는 도중에 테오는 들고 있던 막대기로 위쪽을 척 가리켰다.

"에마, 위험해~!"

"컹."

"……뭐?"

그 한마디를 남긴 테오는 멍해진 데일을 방치하고서 빈트를 탄 채 자리를 뒤로했다.

빈트의 기동력은 역시 대단해서, 한순간 얼떨떨해진 데일이 정신을 차리기도 전에 어느새 다시 열린 문을 통해 밖으로 나갔고, 테오는 모습을 감췄다.

"대체 무슨 생각으로……."

중얼거리며 데일은 테오가 가리켰던 곳에 시선을 보냈다. 계단과 마주한 이 홀은 뻥 뚫려 있어서 천장까지 한눈에 볼 수 있었다. 계단과 난간의 조형에서도 고급스러움과 멋진 센스가 느껴졌다. 창살이 방사선 형태로 퍼지는 공들인 디자인의 천창도 훌륭했고, 그것을 배경으로 가느다란 다리가 까딱까딱 흔들리고 있었다.

그리고 데일은 테오가 꺼냈던 이름을 떠올렸다.

"……윽."

떠올려 버린 이상, 못 본 척할 수는 없었다. 전력 질주로 계단을 빙글빙글 올라가 가느다란 다리가 흔들리는 그곳으로 달렸다.

"아아아아아……! 그 녀석……!"

데일이 내씹은 것은 그곳에 예상대로 테오의 여동생인 에마의 모습이 있었기 때문이다. 난간 반대쪽에 정중하게 앉혀진 에마는 상황을 이해하지 못한 얼굴로 데일을 올려다보았다.

일단 테오도 동생에게 만일의 사태가 일어나지 않도록 배려했는지 에마의 몸은 수많은 끈에 칭칭 감겨 난간에 묶여 있었다.

하지만 그것은 결국 어린아이의 얄팍한 수. 어른의 시점에서 보면 참을 수 없이 위태로운 상황이었다.

"에마, 어디 아픈 곳은 없어?"

"음…… 엉덩이?"

"아…… 바닥이 딱딱하지. 차갑고, 시리겠지."

테오는 몰라도 어린 에마에게 죄는 없다. 데일은 자상한 목소리로 말하며 허리에 찬 단검으로 손을 뻗었다.

"지금 풀어줄 테니까 잠깐만 가만히 있어……."

방치할 수도 없다고 판단하여 끈을 잘라 에마를 해방하려고 하던 데일은 거기서 『끈』이 낯익다는 것을 깨달았다.

"그 녀석……."

재차 데일의 입에서 내씹는 소리가 새어 나온 것은 에마를 묶은 『끈』이 라티나가 애용하는 『리본』임을 눈치챘기 때문이었다.

잘라 버리더라도 사정을 이야기하면 라티나는 아마 화내지 않을 것이다.

그러나 이 중에 『아끼는 것』이 섞여 있다면 라티나는 매우 낙담하리라.

그리고 데일은 기본적으로 라티나가 그런 표정을 짓게 만들지 못하는 남자였다.

"아아아아아……!"

그 결과 데일은 테오가 제작한 엉망진창 매듭과 격투하게 되었다. 옭매듭과 풀매듭이 혼재한 데다가 여러 끈이 뒤엉켜 있어서 끊어버리고 싶다는 욕구가 치미는 지독한 모양새였다.

감긴 끈이 적어지면 에마가 떨어지지 않도록 조심할 필요도 있었다.

"쉬 마려워."

"추웠구나, 많이 추웠구나……! 조금만 더 참아줘!"

에마를 안아 올려 구해내긴 했으나 거기서 데일은 테오의 또 다른『작전』에 자신이 걸렸음을 깨달았다.

테오가 짠 작전의 핵심은 빈트를 타고 이탈한 것 자체였다.

"젠장……."

테오가 이 자리에 있었다면 에마를 떠넘길 수 있었으리라.

하지만 이곳에는 지금 데일밖에 없었다.

모르는 곳에 어린 에마를 방치하는 것은 너무 위험하다. 그리고 아까처럼 습격받을 가능성이 있는 이상, 에마를 데리고 나아가는 것은 피하고 싶었다.

그리고 무엇보다도 현재 에마는 일각을 다투는 긴급 사태였다.

"테오…… 나중에 눈물 쏙 빠지게 설교해주겠어……!"

"주게써?"

천진난만하게 따라 하는 에마를 단단히 끌어안았다.

거기서 데일이 고른 선택지는 에마를 데리고서『춤추는 범고양이』까지 전력 질주로 돌아가는 것이었다.

테오는 자신이 할 수 있는 수단을 이용해 『최흉의 용사』를 상대로 시간을 버는 역할을 훌륭하게 완수했다.

데일은 계단을 내려가는 수고도 아까워서 난간을 딛고 주저 없이 뛰어내렸다. 에마가 겁먹고 지리지 않도록 시야를 차단하는 것도 잊지 않았다. 어떤 놀이라고 생각했는지 천진난만하게 꺅꺅 웃는 에마에게서는 대담한 모습이 엿보였다. 뭐, 리타와 케니스의 딸이니, 여자아이라고 해서 나긋나긋하고 단아한 아이가 되리라는 보증은 없었다. 부모는 부지런하고 성격 좋은 라티나를 본받아 성장하기를 바라고 있지만 그렇게 되리라는 보증은 없었다.

밖으로 뛰쳐나와 보니 데일이 매듭과 격투하는 사이에 마당에 쓰러져 있던 사람들의 철수 작업이 종료된 모양이었다. 한눈팔지 않고 그대로 달렸다. 사람이 별로 안 다니는 길을 고를 필요가 있었던 것은 지금 데일의 태클을 받으면 설령 그 대상이 대형 마차여도 어느 쪽이 교통사고의 가해자가 될지 알 수 없는 상태였기 때문이다.

『범고양이』에 뛰어든 후, 데일이 곧장 향한 곳은 케니스나 리타가 있는 곳이 아니었다. 지금은 무엇보다도 에마의 존엄이 가장 중요했다.

에마가 상쾌한 얼굴이 되는 사이에 케니스에게 간단히 사태를 전했다. 딸이라면 껌뻑 죽는 부친의 미간에 깊은 주름이 잡혔다.

"그러니까 테오가 집에 오면 붙잡아 줘."

"네가 돌아오기 전에 내 쪽에서도 설교해도 될까?"

"괜찮지 않을까?"

귀가와 동시에 데일뿐만 아니라 아빠에게도 혼나는 테오의 미래가 확정된 순간이었다.

그는 자신에게 부과된 직무를 무사히 완수했으나 큰 대가를 치르게 되었다.

멍멍이는 멍멍이이니 말해봤자 소용없다고 넘어갔다.

에마를 케니스에게 넘기고 데일은 다시 서구로 향했다. 「다녀오세여.」 하고 아빠의 품속에서 손을 흔드는 에마의 목소리가 『범고양이』 점내에 울렸다.

스쳐 지나간 통행인이 이 세상 것을 봤다고는 생각할 수 없는 얼굴로 데일을 돌아보았다. 이후 한동안 크로이츠에는 검은 코트를 입은 귀신이 거리를 돌아다닌다는 기괴한 도시 전설이 떠돌았다.

저택 앞에 도달하니 이제 습격자의 기척은 없었다. 다소 짜증이 난 지금의 데일은 아까처럼 힘 조절을 할 수 없을 것 같았기에 딱 좋았다. 오히려 화풀이로 가차 없는 반격을 받을 뻔했으니 철수라는 판단은 옳았다.

문을 다소 난폭하게 열었다.

성큼성큼 거친 발소리를 내며 저택 내부에 들어온 데일을 맞이하듯 아까 테오가 나타났던 좌측 문이 열렸다.

"상당히 화가 난 모양이야."

"좋아. 이제 이 못된 장난도 끝이로군."

히죽히죽 웃으며 데일에게 말을 건 것은 질베스터였다.

데일은 이 바보 같은 소동의 총괄자인 그의 모습을 확인하고서 후련하게 웃으며 손을 뚜둑거렸다.

"너무 고마우니까 한두 대 맞아줘야겠어."

"노인은 공경해야지."

"공경할 만한 노인이어야 공경을 하지."

뒤숭숭한 말을 하는 데일을 앞에 두고서도 질베스터의 히죽거림은 멈추지 않았다. 이것만 봐도 그의 담력을 알 수 있었다.

데일이 한 걸음 내딛기 전에 질베스터는 선언했다.

"우리의 승리 조건은 충족됐어."

"무슨 소리를……."

반문하려던 데일은 질베스터의 목소리를 신호로 더욱 안쪽 문이 열린 것을 보았고…… 그 자리에 털썩 주저앉았다.

질베스터는 더욱더 히죽히죽 웃고 있었다.

"어…… 으음…… 데일? 여기서 말하는 것도 이상하지만, 어서 와."

"……윽."

"괜찮아?"

"……윽."

"데일?"

주저앉은 데일을 보고 라티나는 당황한 목소리를 냈다.

라티나는 데일이 티스로우에 갔다는 것을 케니스에게 들었기에 「어서 와」라고 맞이하는 말을 한 것이었다. 하지만 이 상황에서 그 발언은 변함없이 천연 성분 어리바리 풍미를 느끼게 했다.

다만 지금 데일은 그녀에게 대답할 여유가 없었다.

예상도 못 한 순간에 완전한 기습.

그 공격력은 이루 헤아릴 수 없었다.

“이것도 아직 한참 가봉 단계야. ……완성된 옷을 입은 아가씨의 모습…… 보고 싶지?”

히죽히죽 웃는 모습도 흉악해 보이는 것이 달콤한 말을 속삭이는 악마 같은 양상인 질베스터가 움직이지 못하는 데일의 등에 대고 말했다.

“보고 싶지? 제대로 네 취향에 맞게 완성되도록 이미 합의해뒀어.”

모든 것이 다 결정되지는 않았음을 은근히 내비쳤다.

“자, 제대로 봐 줘야지.”

“잠깐……! 안 돼, 지금은, 조금, 안된다니까!”

질베스터는 그렇게 말하며 귀까지 새빨개진 데일의 어깨를 끌어당겼다.

저항할 힘을 잃고 그대로 끌려간 데일 앞에 걱정스러운 표정인 라티나의 얼굴이 있었다.

“……!”

그녀의 모습을 보고 반사적으로 숨을 삼켰다.

라티나는 순백색 드레스를 입고 있었다.

귀족들 사이에서 최근 유행한다는 그 순백색 의상이 무엇인지 데일도 모르지는 않았다.

고향의 풍습대로 전통적인 티스로우의 신부 의상을 입은 라티나의 모습을 기대했던 것과는 전혀 다른 충격이 있었다.

반짝반짝 빛나는 백금색 머리카락과 함께 매끄러운 상품의 드레스 천도 부드러운 빛을 머금고 있었다. 가봉 단계라는 말을 뒷받침하듯 장식다운 장식이 전혀 없는 심플한 드레스였다.

하지만 온몸에 빛을 두른 듯한 라티나의 모습은 그것만으로도 충분히 아름다웠고 거룩한 느낌마저 들었다.

낯익을 터인 그녀가 전혀 다른 인상으로 보였다.

그리고 무엇보다도 그녀의 이 모습은 **자신의** 신부로서의 모습이었다.

아름답다든가 예쁘다든가 그런 흔해 빠진 찬사조차, 전혀 마음의 준비를 못 했던 지금의 데일은 말할 수가 없었다.

특별한 순백색 의상을 입은 라티나의 모습에는 평소 그토록 「예쁘다」를 연발하는 데일의 말문마저 막히게 하는 엄청난 위력이 있었다.

그리고 이게 바로 질베스터를 비롯한 『요정 공주를 보살피는 모임』의 목적이었다.

데일을 『설득』하려면 백 마디 말보다도 순백색 옷을 입은 라티나를 보여주는 것이 직방임을 그들은 아주 잘 알고 있었다. 10년 가까이 그녀를 더할 나위 없이 예뻐해온 데일을 보다 보면 추론할 필요도 없었다.

이것 말고도 방법은 얼마든지 있었지만, 바보 같은 『대소동』은 진지하게 하면 할수록 축제처럼 떠들썩해지는 것이다. 결혼을 축하하는 여흥으로도 딱 좋았다.

고향에 갔다 온 이후로 뭔가 생각할 거리가 있는지 때때로 골똘히 생각에 잠기는 라티나.

라티나가 돌연 행방불명된 이후로 그녀가 돌아온 지금도 그녀와 떨어지는 것을 몹시 두려워하는 데일.

두 사람이 불안해하는 이유도 모르는 바는 아니다.

하지만 신랑 신부가 주역인 결혼할 때만큼은 누가 뭐라고 하든 그런 불안도 잊어줘야 했다.

아저씨란 생물은 기본적으로 참견쟁이였다.

두 사람의 애정 행각에 생각하는 바가 없지는 않았던 사람들에게 발산할 기회를 주기 위하여 데일을 습격시킨 것은 덤이었다.

가봉 단계라고는 하지만 드레스를 맞출 시간.

그리고 데일이 이곳에 오기까지 라티나에게 드레스를 입힐 시간.

『요정 공주를 보살피는 모임』의 승리 조건은 이 양쪽의 시간을 버는 것이었다.

수치심보다도 인생 최대급의 쑥스러움으로 전부 흐지부지되려고 하는 데일의 모습은 아저씨들의 예상이 맞았음을 증명하고 있었다.

†

『대소동』을 종식시킨 데일이 라티나를 데리고 『춤추는 범고양이』에 돌아오자 티스로우의 벤 할멈이 보낸 편지가 도착해 있었다. 이 타이밍에 편지라니 싫은 예감밖에 안 들었다.

인상을 쓴 채 편지를 뜯은 데일은 내용을 죽 훑어보고서 미간을 더욱 구겼다.

거기에 적혀 있던 것은 구체적인 결혼식 날짜와 순서에 대한 지시였다.

"망할 할망구……!"

무심코 데일이 흘린 노기에 라티나가 깜짝 놀라서 한 걸음 물러났다.

데일이 욕할 만도 했다. 편지에는 크로이츠에서 피로연을 열고 나서 식을 올리기 위해 티스로우로 오라고 확실하게 적혀 있었기 때문이다.

불과 얼마 전에 귀향했을 때는 이야기를 얼버무리더니, 역시 조모는 『친위대』의 사람들과 합의를 끝낸 상태였던 모양이다. 게다가 데일이 그들의 요구를 받아들일 것까지 예상했으리라.

보통은 결혼식을 올린 후에 피로연을 여는 흐름이 일반적이다.

하지만 벤 할멈의 지시는 그것과는 달리 변칙적이었다. 크로이츠에서 피로연이라는 형태로 축하 자리를 마련하고 티스로우의 풍습대로 『신부를 보낸다』. 그 후에 데일의 본가에서 티스로우식 결혼식을 올려 일족에게 선보이는 것이다. 그로이츠에 사는 『친위대』의 요망이 반영된 형태의 지시는 동시에 어릴 때부터 라티나를 예뻐한 사람들을 위한 배려와 감사를 잊지 않는 형식이기도 했다.

크로이츠에서 피로할 때의 신부 의상은 티스로우의 방식을 고집하지 않아도 된다.

벤델가르드 할멈은 확실하게 그런 한 문장을 써넣었다.

하지만 욕하든 불평하든, 동의해버린 이상은 데일도 일련의 예정을 실현하기 위해 움직일 뿐이었다.

이리하여 라티나는 『백금의 요정 공주를 보살피는 모임』이 갈망했던 순백색 신부 의상을 피로하기 위해 데일의 동의하에 정식으로 드레스를 맞추게 되었다.

"모으고 모은 자료가 마침내 활약할 때가 왔나 보네……."

"오…… 오오……."

라티나와 함께 클로에의 친가이자 작업장이 된 원래 쓰던 방을 찾은 데일을 클로에는 아주 근사하게 웃으며 맞이했다.

"라티나가 신부 의상만큼은 자기 취향만으로 진행하고 싶지 않다고 해서……."

클로에는 그렇게 말하며 씩 웃었다. 데일도 조금 낯간지러운 표정이 되었다.

"다만 피로연 뒤의 예정도 생각하면 코르셋으로 조이는 귀족적인 디자인이나 치맛자락이 너무 넓게 퍼지는 건 좀 그럴 것 같아서 기본적으로 이런 쪽으로 진행하고 있는데……."

설명하며 클로에는 해당하는 드레스의 실루엣 디자인화를 늘어놓았다. 자기 옷에 그다지 신경을 쓰지 않아서 주로 남에게 『위임』하는 데일은 복식에 대한 여성의 고집에 벌써부터 도망치고 싶은 기분이 들려고 했다.

"이 디자인 귀엽다…… 데일, 어때?"

"어떤 종류의 레이스를 사용하느냐에 따라 어른스러운 이미지를 줄 수도 있을 거야. 예를 들어 이거랑 같은 공방의 레이스라든가……."

"하지만 한 번밖에 안 입는데 이렇게 사치스러운 소재를 쓰는 건……."

"그런 점만 생각하지 않아도 돼."

그에 관해서는 데일도 클로에와 같은 의견이었다.

"모처럼 만드는 거니까 타협할 필요 없어."

데일이 그렇게 대답하자 라티나보다도 클로에가 더 근사하게 웃었다. 스폰서에게서 허가가 떨어졌다며 다른 자료를 더 쌓아 올렸다.

"이건 수입 레이스고 굉장히 섬세한데 여기에 쓰면 정말 예쁠 거야. 그리고 디자인은 이렇게 나와 있지만 이런 걸 곁들여서…… 아아, 이게 견본인데 이런 느낌은 어때?"

쭉쭉 밀어붙였다.

클로에의 태풍과 같은 기세에 눌려서 솔직히 어디까지 승낙했는지 데일도 기억이 확실하지 않을 정도였다. 앞으로 결혼식 당일까지 신랑인 데일은 드레스를 볼 수 없다. 기대하라면서 클로에는 여전히 근사하게 웃으며 손을 흔들어 배웅했다.

결혼식이 다가오면서 유감스러움에 귀찮음이 가미된 지금의 데일이 더욱 성가셔질 것이 예상되기 때문이었다. 그것은 이미 주위 사람들의 공통된 인식이었다.

이튿날부터 클로에뿐만 아니라 라티나도 가담하며 웨딩드레스 작업은 빠르면서도 정성스럽게 진행되었다.

이 계획이 움직이기 시작하고 보름 동안 들여온 다양한 재료가 작업실 전체에 널려서 발 디딜 곳이 없을 정도였다.

그중에서도 자리를 차지한 것은 베일에 쓰일 순백색 사 비단이었다. 본래 『주황의 신』 신전에서만 만들 수 있는 이 섬세하면서 얇고 가벼운 사는 단순한 천이 아니라 축복이 담긴 호부의 일종이었다.

"이토록 훌륭한 베일용 사는 고위 귀족의 결혼식에서도 준비할 수 없어!"

흥분한 모습인 클로에는 기쁘게 사를 품에 안고서 드레스와 조화를 이룬 베일 디자인을 이것저것 생각했다.

"그래?"

"데일 씨라면 최종적인 축복 의식도 가능하지?"

"응, 아마도."

"웬만한 장인은 만들 기회 자체가 거의 없어. 그런데 헤드 드레스도 제작할 수 있다니, 장인으로서 더없이 행복한 일이야."

고개를 갸웃하고 있는 라티나는 『신전에서만 준비할 수 있는 소재』의 출처를 의문스럽게 여기지 않는 듯했다. 어딘가 맹한 부분이 있는 절친을 보며 클로에는 내심 쓴웃음을 지었다.

보름 만에는 도저히 준비할 수 없는 섬세한 직물이었다.

그리고 일반적으로 유통되지 않는 소재를 라티나의 결혼식을 위해 준비할 수 있는 인물은 한정되어 있었다.

"정말로 널 소중히 여기고 있구나."

"응?"

고개를 갸웃하는 라티나를 내버려 두고서 클로에는 접힌 자국이 생기지 않도록 사를 정리했다. 그리고 토르소에 입힌 상질의 실크 드레스에 레이스를 달아 나갔다.

라티나도 그저 수다만 떠는 것이 아니라 클로에와 함께 자신의 웨딩드레스를 위해 바늘을 움직였다.

라티나가 그 작업에 전념한다는 것은 데일이 방치된다는 뜻이었다. 하지만 그는 이번에 그런 일로 침울해하지 않았다.

데일은 결혼도 관장하는 신인 『주황의 신』의 신관 지위를 가지고 있었다.

그에게 결혼식은 자신의 전문 분야였다. 평소에 전혀 신관다운 모습을 보여주지 않지만, 천성이 성실하기 때문인지 데일은 준비에 열중했다.

사랑하는 라티나와의 결혼식이다.

정확히 말하자면 사랑을 쏟아부어 온 라티나의 결혼식이다. 라티나가 어릴 때부터 데일은 그녀가 행복하게 시집가는 날이 오는 것에 복잡한 심경을 품어왔었다.

그는 사랑하는 여인을 아내로 맞이하는 신랑의 기분과 친히 키운 딸을 시집보내는 아버지 같은 마음을 재주 좋게도 둘 다 체감하고 있었다.

성가심도 두 배였다.

피로연은 『춤추는 범고양이』에서 내밀하게 열기로 했다. 그것은 데일과 라티나뿐만 아니라 두 사람을 아는 주위 사람들에게도 당연한 일이었다.

그래서 데일은 연일 점내를 확인하며 당일의 순서를 생각했다.

"이쪽 배치를 움직이면…… 제단을 설치할 수 있으려나. 케니스, 당일에 이 부분 움직여도 돼?"

"끝나고 되돌려 놓기만 한다면 상관없어."

"그다음은……."

"아아, 맞다. 객실을 하나 비워둘 예정이야. 라티나가 준비하는 데 필요할 거라고 리타가 그러더라."

"그러네…… 드레스를 입고 우리 방에서 내려오기는 어려운가……."

"요리랑 술의 양은 일단 계산했는데…… 원하는 메뉴가 있으면 말해."

점주인 케니스와 협의를 거듭하는 것도 지금의 데일에게는 뿌듯한 시간이었다.

"어떻게 생각해도 하객이 가게 안에 다 들어올 수 없을 만큼 모일 것 같으니까…… 상당한 양을 준비해야겠지."

"피로연 당일은 임시로 휴업할 예정이지만, 왜 휴업하는지 그 취지는 아무래도 고지해둬야 하니까……."

『초록의 신』 신전의 말단 조직이기도 한 『춤추는 범고양이』는 다양한 정보를 고지하는 공공성 높은 업무를 맡고 있다. 간단히 휴업할 수는 없는 시설이었다.

"필요한 일이라는 건 알지만."

그렇게 말하는 데일의 표정에는 곤혹스러움이 어려 있었다.

"그거, 여기 오는 모든 손님에게 피로연 날짜를 고지하는 거나 마찬가지잖아……."

신부 모습의 라티나를 조금이라도 보려고 사람들이 우르르 몰려들 것이 훤히 보였다. 『내밀하게』라는 말뜻에 의문을 품게 되는 상황이었다.

"뒷마당을 정돈해서…… 그쪽에도 사람들을 보내기로 할까."

"내 마법으로 땅을 고르고…… 빈트도 도우라고 해야겠다. 그 녀석의 『바람』 마법이라면 풀 베는 데 도움이 될 거야. 그리고 테오를 부려먹어야겠어."

"에마를 끌어들인 건 나도 용서할 수 없어. 마구 부려먹어."

데일과 케니스 사이에서 이루어진 합의로 테오가 받을 『벌』의 내용이 결정되었다. 테오는 두뇌 플레이로 최흉의 용사에게 지지 않는 모습을 보여줬지만 대가는 컸다. 적어도 동생을 미끼로 쓰지 않았다면 아빠가 이토록 명확하게 반대파로 돌아서는 일은 없었을 테지만, 이제 와 생각한들 소용없는 일이었다.

땅을 고를 때는 데일의 『땅』 속성 마법을 썼으나, 그것 외의 풀 뽑기나 청소는 테오가 맡게 되었다.

빈트는 금방 싫증을 냈다. 오히려 아무것도 없게 된 뒷마당을 보고 신나게 구멍 파기 놀이를 시작하여 쫓겨났다. 구멍은 테오가 울먹이며 메웠다.

평소라면 라티나가 감싸줬겠지만 그녀는 연일 클로에 곁에서 열심히 바느질 중이었다. 테오에게는 불리한 조건들이 갖춰져 있었다.

그리고 그와 동시에 『범고양이』 안에서는 세상 기묘한 광경이 펼쳐지고 있었다.

"철저히 닦아. 너희는 힘 빼면 시체니 말이야."

웃으며 말하는 데일 앞에서 단골손님 아저씨들이 바닥에 엎드려 걸레질을 하고 있었다. 마찰 때문에 걸레가 닳아 떨어질 듯한 박력과 악력이었다.

때마침 가게를 처음 방문한 손님이 기겁하여 우뚝 설 만큼 이상한 광경이었다.

"위자료 대신 열심히 일해."

"계단 쪽도 잊지 말고. 걸레질이 끝나면 왁스 칠한 다음에 또 닦을 거니까 그 전에 철저히 때를 벗겨둬."

데일의 발언은 아저씨들이 주도한 소동을 이걸로 넘어가겠다고 선언하는 것이기도 했지만, 마침 잘됐다는 것처럼 가차 없이 발언한 사람은 케니스였다.

결혼식장인 이 가게를 정돈하는 것은 아저씨들이 예뻐하는 라티나를 위한 일이기도 했다. 바보 같은 소동에 휘말렸던 데일과 주최자인 단골손님들, 쌍방에게 유익한 마무리라고도 할 수 있었다.

다만 점주인 케니스는 청소에 엄격했다. 좋은 기회라며 가게 안을 철저히 닦기로 했는지 연장자 상대로 가차 없이 청소를 지도했다.

그 결과, 결혼식 당일에 『범고양이』 점내는 구석구석까지 반짝반짝 빛났다. 그와 비례하여 단골손님들의 청소 스킬은 단기간에 급상승했다.

신부가 되다.
백금의 아가씨,

4. 후일담.

그리하여 그날이 왔다.

마치 알고 고른 것처럼 아름다운 파란 하늘이 펼쳐진 날에 『춤추는 범고양이』는 대망의 그날을 맞이했다.

객실 하나에 평소에는 놓여 있지 않은 거울이 설치되어 신부를 위한 대기실이 마련되었다.

리타가 바닥에 깐 얇은 카펫 위에서 라티나는 클로에의 도움을 받아 웨딩드레스를 입었다.

본래 신부를 준비시키는 것은 친족 여성의 역할이지만 라티나는 가족이 적었다. 그래서 리타와 절친 클로에의 도움을 받았다.

고급 실크가 피부를 스치는 감촉에 라티나는 황홀해지기보다도 감격했는지 벌써부터 회색 눈에 눈물이 그렁그렁했다.

"빨라."

"빠르네."

클로에뿐만 아니라 리타까지 쓰게 웃으며 지적하자 그 충격으로 눈물이 살짝 들어가고 말았다.

드레스에 맞춘 순백색 헝겊신도 물론 새것이었다. 신발에 달린 섬세한 꽃 장식도 순백색이라서 라티나는 어린아이처럼 드레스 밖으로 발끝을 내밀어 그 모습을 확인하고 기쁘게 미소 지었다.

"자, 앉아."

"응."

지목된 의자에 라티나는 고분고분 앉았다. 리타는 나무 빗을 들고서 라티나의 백금발을 천천히 빗었다. 머리끝까지 잘 관리된 머리카락이 손가락 사이로 스르르 빠져나갔다.

"정말로 예쁜 머리야."

리타는 감탄하며 라티나가 애용하는 향유를 손바닥에 덜었다. 체온으로 따뜻하게 덥힌 다음에 라티나의 머리카락에 발랐다. 그 후 머리카락을 몇 갈래로 나누어 복잡한 형태로 땋았다.

"리타가 머리 묶어주는 거, 뭔가 오랜만이야."

"그러네."

라티나가 어렸을 때는 리타가 그녀의 머리를 묶는 것이 일과 중 하나였다.

그 무렵을 떠올리며 두 사람은 거울 속에서 눈을 마주치고 미소 지었다.

한편 클로에는 드레스의 마지막 조정을 끝내고, 묶어서 조이는 형식인 등의 끈 형태를 정돈한 후에 만족스럽게 말했다.

"좋아, 완벽해! 역시 나야."

절친이 꺼낸 감상은 자신의 일솜씨에 관한 것이었다. 라티나는 살짝 쓴웃음을 짓고서 토라진 것 같은 목소리를 냈다.

"빈말이라도 내 모습에 대한 감상을 말해줬으면 좋겠는데……."

"라티나는 기본적으로 뭘 입어도 잘 어울리니까 괜찮아. 그리고 정말로 듣고 싶은 감상은 내 감상이 아니잖아."

클로에는 씩 웃으며 그렇게 대답하고 라티나 앞으로 돌아들어 화장 도구를 늘어놓았다.

"그럼 다음은 이쪽…… 움직이면 안 된다?"

"응."

피부 위에 촉촉한 크림이 발리는 것도, 분가루가 톡톡 두드려지는 것도, 남에게 받는 것은 익숙하지 않아서 간지러운 기분이 들었다.

라티나는 웃고 싶은 충동을 억누르며 짐짓 진지한 얼굴을 꾸몄다.

"……응, 다 됐다."

이윽고 리타는 라티나의 땋아 올린 머리에 신부의 증거인 순백색 베일을 고정하고 손을 뗐다. 조금 물러나서 전체 모습을 확인하고 만족스럽게 고개를 끄덕였다.

"예뻐, 라티나."

"고마워, 리타."

리타가 미소 지으며 조금 목멘 소리로 신부에게 말했다. 이에 대답하는 라티나의 목소리에도 감격이 담겨 있었다.

"이쪽도 끝…… 좋아, 잘됐어."

"클로에도 고마워."

"나는 딱히 상관없지만…… 정말로 괜찮아? 고향에 언니가 있다고 하지 않았어?"

본래 친족 여성이 신부를 준비시킨다는 것을 생각하면, 유일한 피붙이인 친언니를 이곳에 부르지 않은 것이 클로에는 의문스러웠다.

일국의 왕인 크리소스는 간단히 부를 수 있는 존재가 아니고, 바실리오와 라반드국은 간단히 오갈 수 있는 거리가 아니다.

그래도……. 하고 절친으로서 생각하고 마는 것이다.

"바실리오는……『결혼』이라는 관습 자체가 없어. 전에 크리소스한테 살짝 물어봤는데……."

조금 곤란한 얼굴로 라티나는 언니의 말을 떠올리고 절친에게 고했다.

"결혼해서 남녀가 함께 사는 것이『인간』의 관습이란 건 알지만……그렇게 따지면 나는『마인족』이니까 바실리오에서 살고, 볼일이 있을 때만 데일이 오면 된다고 했어……."

"요컨대 라티나, 귀찮아진 거구나."

"응. 살짝 그렇게 생각해버렸어……."

클로에가 쓰게 웃자 라티나는 드레스를 쓰다듬으며 할 말을 찾았다.

"하지만 그렇다고 결혼을 반대한 건 아니야. 함께 있을 수 없어서 마음 복잡해했을 뿐."

그리고 조금 숙연하게 덧붙였다.

"……결혼한다는 보고 자체를 크리소스에게 할 수 있으리라고는 생각지 못했으니까…… 나는 그걸로 충분해."

"……그래."

어릴 적에 고향에서 추방되어 모르는 사람들이 사는 토지에서 자란 라티나를 아는 클로에와 리타는 라티나의 그 말에 담긴 감상을 알아차렸다.

그렇기에 모처럼 꾸민 신부 화장이 결혼식 전에 눈물 때문에 망가지지 않도록 두 사람은 짐짓 밝은 목소리를 냈다.

"자, 울적한 얘기는 끝!"

"더는 기다릴 수 없다는 얼굴을 하고 있을 테니까 데일을 불러올게. 라티나도 마음의 준비 됐어?"

"응."

그렇게 대답한 라티나를 본 후, 리타는 문을 열었다. 그러자 부르러 갈 것도 없이 목적했던 인물이 거기서 기다리고 있었다.

"우와…… 뭐야, 너. 계속 여기 있었어?"

기막혀하는 리타에게 데일은 조금 불퉁한 표정을 지었다.

"아무리 나라도 그렇게까지는 안 해……. 슬슬 다 됐을 것 같아서 물어보러 왔을 뿐이야."

"뭐, 좋아. 라티나의 준비, 다 됐어."

히죽히죽 새어 나오는 웃음을 참지 못하며 리타가 문을 크게 열었다.

두 사람의 대화를 듣고 있던 라티나는 어릴 때부터 매일같이 본 두 사람의 평소와 다름없는 모습에 긴장이 풀린 것처럼 미소 짓고서 데일을 보았다.

조금 놀란 얼굴을 한 데일은 이어서 멋쩍은 것 같은 복잡한 감정을 내비쳤다.

"……아름다워."

그리고 짧게 찬사를 보냈다.

평소에 그토록 「귀엽다」를 입이 닳도록 이야기하는 데일이기에, 라티나는 평소와는 다른 그 한마디에 기뻐하며 뺨을 물들였다.

"라티나가 미인이라는 건 잘 알았지만……."

쑥스럽기는 했지만 데일은 라티나에게서 눈을 돌리지 않고 말을 이었다.

"정말로, 아름다운…… 신부야."

데일은 진지한 표정을 조금 무너뜨려 미소 지었다.

"이렇게 신부 모습을 보게 되리라고는…… 처음 만났을 때는 상상도 못 했는데."

"그러게."

데일이 자신을 줄곧 어린아이로만 봤던 것을 아는 라티나도 미소로 화답했다.

"……다른 사람에게 보낼 생각을 했다니…… 지금은 상상도 못 하겠어."

예전에 자신은 『보호자』로서, 그녀가 언젠가 시집가게 된다면 그것을 배웅하는 측에 서리라고 생각했었다.

지금은 어떤 심경으로 그런 생각을 했는지조차 떠올리기 어려웠다.

누구보다도 아름다운 그녀의 이 신부 모습은 자신의 옆에 있기 위해 치장한 모습이었다. 그것 말고는 있을 수가 없다.

“쭉 함께 있고 싶다는…… 내 억지를 들어줘서 고마워, 네일.”

라티나가 그런 말을 하자 데일은 미소를 살짝 쓴웃음으로 바꾸고서 신관의 신분증이기도 한 『성인(聖印)』을 그녀 앞에 들었다.

그리고 표정을 다잡고 매끄럽게 축사를 외웠다.

『보호자』로서 꼭 해두고 싶었던, 그녀에게 보내는 축복의 의식을 무사히 끝냈다.

“세상에서 가장 행복한 신부가 되어줘.”

“응.”

그렇기에 「되어줘」라고 『보호자』로서 말한 데일에게 라티나는 행복하게 웃는 얼굴로 답했다.

평소에는 모험가들이 지저분한 신발을 신고 오가는 『춤추는 범 고양이』의 점내지만, 단골손님들이 빡빡 닦아서 나뭇결이 보이는 반들반들한 바닥에는 얼룩 하나 없었다.

2층 객실에서 1층 술집으로 이어지는 계단도 예외는 아니었다. 발판뿐만 아니라 난간과 벽에 이르기까지 반짝반짝하게 닦여 있었다.

그 계단을 라티나가 데일의 손을 잡고 천천히 내려왔다.

라티나를 본 손님들이 한숨과 닮은 감탄을 흘렸다.

순백을 두른 신부가 그곳에 있었다.

신체를 덧그리는 상체 부분, 높이 잡은 허리 부분, 거기서 길게 떨어진 치마가 바닥까지 닿았다. 섬세한 레이스를 겹친 보들보들한 소재의 치마가 라티나의 움직임을 따라 부드럽게 흔들렸다.

하지만 단순한 하얀색만은 아니었다.

고급 실크에 달린 섬세한 레이스. 하얀 명주실로 수놓은 가슴 부근의 자수에는 먼 곳에서 가져온 진주가 달려 있었다. 다양한 소재를 조합한 그 드레스는 복잡하게 빛을 머금고서 반짝였다.

라티나의 백금발도 그 속에서 윤기 있게 빛났다. 복잡하게 땋은 머리에는 세세한 사 비단으로 만든 베일이 고정되어 있었다.

그 베일에 달린 꽃 장식만이 지금 라티나가 가진 선명한 색채였다. 결혼을 관장하는 신인 『주황의 신』을 상징하는 주황색을 중심으로 한 생화 장식이 그녀다운 사랑스럽고 명랑한 분위기를 연출했다.

계단을 다 내려온 두 사람은 점내에 설치된 제단 앞에서 나란히 발을 멈췄다. 간이이긴 하지만 양식을 따른 제단이었다. 데일이 성인을 들고 축사를 올렸다.

"마치 본업 신관 같네."

단골손님 중 누군가가 중얼거렸지만 데일은 눈 하나 깜짝 안 하고 의식을 마지막까지 집행했다.

데일이 읊는 축사의 마지막 구절이 희미한 여운을 남기며 매듭지어졌다.

긴 속눈썹을 내리뜨고서 그것을 듣고 있던 라티나는 상냥하게 웃으며 데일에게 시선을 보냈다. 그에 데일도 미소로 답했다.

데일이 올린 축사는 신랑 신부를 축복하기 위한 것이었고 준비 의식이었다. 데일이 신관으로서 맡은 역할은 여기까지였고 나머지 의식은 티스로우에서 하게 된다.

그래서 여기서부터는 데일도 『주황의 신의 신관』이 아니라 축복받아야 할 신랑으로 돌아왔다.

피로연 장소로 정돈된 『춤추는 범고양이』의 점내에서 두 사람은 나란히 앉았다.

그런 두 사람 앞에 맨 처음 선 것은 케니스였다.

친동생 같은 존재와 제자의 결혼식이었다. 맨 처음 인사할 사람은 다른 누구도 아닌 케니스가 가장 적임이었다.

"화목하게 지내라고 새삼 말할 필요도 없겠지만…… 적당히 해라."

케니스는 그렇게 말하고서 꽃 한 송이를 내밀었다.

"행복하게 살아라."

"고마워, 케니스."

축복의 말과 함께 건네진 그것을 받고 라티나는 티스로우의 풍습대로 다리 달린 받침대 위에 올렸다. 받침대 위에는 큰 바구니가 준비되어 있었고 케니스의 꽃은 그 바구니에 제일 처음 담긴 꽃이 되었다.

"너무 라티나를 곤란하게 만들지 마. ……축하해."

남편에 이어 리타가 평소와 다름없는 어조로 말하며 데일에게 꽃을 건넸다. 데일은 희미한 쓴웃음으로 응했으나, 돌려주는 감사의 말은 순순했다.

"고마워."

"누나, 축하해!"

"추카해~."

테오와 에마가 부모님을 따라 하며 순서를 이어받았다. 부모님이 건넨 것과 같은 선명한 노란색 꽃을 웃으며 내밀었다.

그 뒤로 끊임없이 축하의 말을 건네는 손님이 두 사람 앞에 늘어섰다.

『범고양이』 점내에는 도저히 다 수용할 수 없는 인원수였다. 혼란을 피하기 위해 케니스와 리타는 축하 인사를 끝낸 하객들에게 잔을 나누어주고 가벼운 식사가 차려진 곳으로 유도했다. 가게 앞과 뒷마당에 테이블을 배치하고 가게 안의 인수를 제한하는 것은 사전에 정해둔 사항이었다.

힐끔힐끔 그쪽을 엿보는 라티나는 오늘의 주역인데도 서빙과 안내 일을 하러 갈 것 같은 기색을 지울 수 없었다.

그녀답다고 한다면 그렇기는 했다.

"아가씨. 행복해져야 해."

눈이 빨개져서 그렇게 말한 질베스터는 평소와는 다른 고급스러운 옷을 입고 있었다. 저명인사다운 차림이었다.

라티나가 행복하게 생긋 미소 지으며 양손으로 꽃을 받자 그는 감격하여 눈구석을 눌렀다.

단골손님들도 저마다 축복하고 뒤에 늘어선 하객을 위해 자리를 비켰다. 체력 괴물인 데일이야 어찌 되든 좋지만, 식이 길어지면 길어질수록 오늘의 주역인 라티나의 부담이 커진다. 그런 배려가 철저히 이루어지는 것에서 『친위대』의 높은 숙련도가 느껴졌다.

라티나의 소꿉친구들도 하객들 줄에 있었다.

마르셀은 자택의 판매품인 빵을 축하 선물로 가져와 하객들이 모인 테이블에 차렸다. 신규 고객 확보를 위한 영업 활동도 하는 것에서 그의 성격이 엿보였다.

오랜만에 만나는 안토니는 영주관에서 일하기 시작했다는 근황과 함께 큼직한 꽃송이를 지참했다.

루돌프는 헌병대 제복을 입고 모습을 나타냈다.

"모처럼 열린 축하 자리지만 일하다가 온지라."

그렇게 말하며 술잔은 거절했다.

그리고서 루돌프는 들고 있던 꽃을 라티나가 아니라 데일에게 내밀었다.

"……행복하기를."

청년이 꺼낸 짧은 말 속에 담긴 감정을 놓치지 않고 데일은 그의 축하 인사를 조용히 웃으며 받아들였다.

줄 끝부분에 서 있던 클로에는 라티나와 데일 뒤에 놓인 바구니를 이미 가득 채워버린 어마어마한 양의 꽃을 보고 쓰게 웃었다. 이 꽃의 양은 그만큼 많은 하객이 축하 인사를 건네러 왔다고 증명하고 있었다.

"정말 굉장하네."

그렇기에 쓴웃음을 지으며 말하는 클로에에게 라티나는 명랑하게 대답했다.

"나도 조금 놀랐어."

그렇게 대답하며 웃는 절친을 클로에는 똑바로 보았다.

"『이로써 꿈이 이루어졌다』고 하지는 마."

어릴 때부터 줄곧 자신을 걱정해준 절친의 말에 라티나의 눈물샘이 터지려고 했다.

그것을 알아차렸는지 클로에는 라티나의 이마를 딱 튕겼다.

"아야!"

"울지 말고 꼿꼿하게 있어."

"……응."

얼굴을 든 라티나를 향해 클로에는 밝게 웃었다.

"행복하게 살아. 라티나."

"응."

그에 답하는 라티나도 환하게 웃는 얼굴이었다.

바구니에서 흘러넘쳐 버리기는 했지만 이 꽃은 하객들의 축복을 상징하는 것이었다. 함부로 다룰 수는 없었다. 한데 모아 형태를 정돈해서 꽃다발로 만든 다음에 라티나는 그것을 양팔로 끌어안았다.

그런 라티나를 데일은 가뿐하게 안아 올려 『범고양이』 밖으로 나갔다.

티스로우의 결혼식 관례로 신부는 신랑의 집에 올 때까지 대지에 발을 디디면 안 된다.

데일의 품에 안긴 라티나는 쑥스럽게 미소 짓고 있었다.

가게 밖에서는 하객들이 각기 술진을 들고 잔치를 시작한 상태였다.

오늘의 주역이 등장하여 환호성과 축하가 난무하는 가운데, 색색의 꽃잎이 날아올랐다.

손님들이 신나게 뿌리는 꽃잎으로 장식된 길을 데일은 천천히 걸어갔다.

어릴 적에 보고 꿈꿨던 수많은 색채로 장식된 길, 신부가 지나는 길을 보고 라티나는 필사적으로 눈물을 참으며 웃는 얼굴을 만들었다.

그대로 데일은 『범고양이』 뒤편으로 돌아들었다. 뒷마당에서는 두 마리 환수가 두 사람의 도착을 기다리고 있었다.

백금색 안장을 단 하겔에는 이미 하객들에게 받은 축복의 증거인 꽃바구니가 실려 있었다.

가치관이 다른 하겔로서도 아름답게 꾸민 라티나의 모습에는 생각하는 바가 있는지 낮게 엎드려 눈을 가늘게 뜨고 있었다.

데일은 품에 안고 있던 라티나를 하겔의 안장에 앉혔다. 그대로 자신도 타려다가 단골손님 아저씨들이 야유를 날리자 조금 볼멘 눈으로 주위를 보았다.

이미 평소와 다름없는 술주정뱅이로 변한 아저씨들은 그런 데일의 반응조차 술안주 삼아 껄껄 웃었다.

야유의 내용을 알아듣지 못하고 고개를 갸웃하는 라티나의 뒤쪽에 데일은 가볍게 앉았다.

그리고 라티나를 끌어안으며 얼굴을 숙였다.

아저씨들을 중심으로 주변 손님들이 환호성을 질렀다.

눈을 깜박인 라티나는 많은 사람이 보는 가운데 데일이 자신에게 입을 맞췄음을 뒤늦게 이해하고 귀까지 새빨갛게 물들였다.

데일은 하겔의 안장 위에서 이제 됐냐는 듯 뻔뻔한 얼굴로 주위를 둘러보았다.

"데일……!"

"응? 한 번 더 할래?"

옆으로 앉은 자세로 데일을 올려다본 라티나는 부끄러워서 항의의 목소리를 냈다. 그러나 데일의 대답을 부정하려고 하지는 않았다.

조금 예상외인 라티나의 반응에 데일은 살짝 놀란 표정을 지었다가 재차 라티나에게 입술을 가져갔다.

눈을 감고 그것에 응한 라티나는 어릴 때처럼 그의 옷자락을 잡고 있었다.

다시 주위에서 커다란 환호성이 일었다.

"터져라~."

마이페이스로 그렇게 말한 빈트는 날개를 펼쳐 하늘로 날았다. 목에 걸린 방울이 맑은 소리를 냈다. 신부의 예고자 역할을 맡은 빈트를 따라 하겔도 날개를 펼쳤다.

헌병대 제복을 입은 자들이 한쪽 손으로 얼굴을 가렸다. 도시

안에서 환수가 날아오르는 것을 오늘은 불문에 부치겠다는 의사 표시를 확인하고 하겔도 날개를 퍼덕였다.

주변 하객들이 일제히 하늘로 꽃잎을 뿌렸다.

그것은 하겔과 빈트의 바람 마법을 타고 높이 떠올랐다. 마치 하늘에 걸린 다리처럼 날아오른 꽃잎을 뒤쫓듯 두 마리 환수는 공중을 날았다.

"그럼……."

"다녀오겠습니다!"

데일과 라티나는 배웅하는 사람들에게 웃으며 손을 흔들었다. 사람들도 그것에 각자 화답했다.

하겔은 그런 사람들 위를 한 바퀴 빙 돌고서 티스로우 방향으로 진로를 틀었다.

"잘 갔다 와, 누나!"

한층 큰 목소리로 외치며 테오가 크게 손을 흔들었다. 하객들도 어떤 이는 술잔을 들고 어떤 이는 크게 손을 흔들었다.

그들의 앞날이 행복하기를 기도하며 새롭게 출발하는 두 사람을 배웅했다.

마치 무지개처럼 선명한 색채의 다리 너머로 그 모습이 사라질 때까지.

계속, 계속—.

†

크로이츠를 출발한 데일과 라티나는 티스로우까지 가는 하늘길 여행을 무사히 마쳤다.

예전에 빈트는 티스로우에서 크로이츠까지 1박 2일의 시간을 들여 날아왔지만 하겔은 하루도 안 걸려 도착할 수 있었다. 이번에는 더욱 시간을 단축하기로 했다. 웨딩드레스는 긴 여행에 나설 만한 복장이 아니었다. 도중에 야영할 수 있을 리도 없었다.

하지만 그렇게 어려운 이야기는 아니었다.

원래부터 하겔과 빈트는 『바람』 속성 마법이 특기였고, 라티나의 방어 마법은 공기 저항의 영향을 최소화할 수 있었다. 데일도 체력 회복에 높은 효력을 지닌 『땅』 속성 마법의 사용자여서 하겔이 전력으로 하늘을 계속 달릴 수 있게 했다.

처음에는 자력으로 나란히 달리던 빈트도 아빠 늑대의 속도를 따라잡을 수 없겠다고 일찌감치 포기하고서 하겔의 머리와 라티나가 앉은 안장 사이에 자리 잡아 남은 시간을 보냈다. 때때로 라티나가 쓰다듬어줘서 좋아했다.

냉정히 생각해보면 무시무시한 속도지만, 그렇게 두 사람은 해가 지기 전에 목적지에 도착했다. 하겔은 『상호 불가침』이라는 티스로우와의 약정을 고지식하게 지켜서 티스로우 마을의 상공에 정지 비행 상태로 멈추었다. 반면 빈트는 신경 쓰는 모습도 없이 하겔의 머리 위에서 폴짝 뛰어내리더니 종소리를 울리며 데일의 집으로 향했다. 마이페이스 멍멍이가 마이페이스 멍멍이인 이유였다.

"라티나, 피곤하지? 괜찮아?"

"아냐. 아무렇지도 않아."

"그래?"

그렇게 품속의 신부를 위로한 후에 데일은 그녀를 고쳐 안았다.

"혀 깨물지 않게 입 꽉 다물고 있어."

"응?"

데일의 말뜻을 이해하지 못하고 라티나가 고개를 갸웃했다. 그녀가 이해할 만한 시간을 주지 않고 데일은 하겔의 안장 위에서 일어났다.

"그럼, 이번 일의 사례는 다음에 정식으로."

"음."

오랫동안 함께 지낸 하겔과 그렇게 짧게 말을 나누었다. 그 후 데일은 라티나를 안은 채 주저 없이 허공으로 몸을 날렸다.

"—?!"

데일의 말을 순순히 따른 라티나는 목소리야 내지 않았으나, 노을빛으로 바뀌어가는 하늘을 배경으로 소리를 이루지 못하는 비명 같은 것이 길게 꼬리를 그렸다.

웨딩드레스의 긴 치맛자락과 섬세한 사 비단이 바람을 받아 크게 펄럭였다.

하겔은 성실하게 마을에 『들어가지 않은』 것을 조금 후회했다.

데일은 마왕 섬멸 여행 중에 하겔을 타고 날아가 공중에서 직접 하강하여 강습하는 전법을 배웠는데, 그것은 라티나가 알 수 없는 사항이었다.

갑작스러운 줄 없는 번지 점프였다.

배짱 두둑하기로 정평이 난 라티나지만, 예상치 못한 공포 체험에 혼이 날아갈 뻔했다.

예상외의 행동을 저지른 데일과 그 품속에서 넋이 나간 신부의 모습을 보고, 랜돌프와 벤 할멈은 맞이하는 말이나 인사 등 이것저것을 생략하고서 일단 데일의 머리를 한 대씩 때렸다.

데일도 자신이 과했음을 이해했기에 부친과 조모에게 얌전히 맞았다.

그런 일이 벌어진 탓에 데일의 가족과 오랜만에 만나는 것이나 시집가는 것에 대한 라티나의 긴장이 전부 날아간 것은 유일한 좋은 결과라고 할 수 있을지도 몰랐다.

"흐야아…… 죄송해여…… 오랜만에……."

"아아, 무리하지 말렴. 모처럼 예쁘게 꾸몄는데, 우리 멍청한 아들내미 때문에 미안하구나……."

평형 감각조차 제대로 잡히지 않는지 불안정하게 비틀거리는 라티나는 눈이 핑글핑글 돌아가고 있었다. 이런 상태인데도 인사하려고 하는 라티나를 데일의 엄마인 마그다가 말렸다.

라티나는 천성이 대단히 성실했다.

그래도 라티나가 어떻게든 평상심을 되찾자, 준비해뒀던 티스로우의 민족의상으로 갈아입게 되었다. 전통을 따른 신부 의상은 화려하고 호사스러운 웨딩드레스와는 전혀 달랐으나, 그것을 입게 됐다는 감개가 라티나의 가슴을 찡하게 울렸다.

머리 장식의 베일을 떼고 주황색 모자를 썼다.

그 무렵에는 데일도 고향의 의상으로 다 갈아입은 상태였다. 친숙할 터인 일족의 옷을 라티나가 입고 있는 것은 데일에게도 신선하게 느껴져서 그는 낯간지러운 듯이 웃었다.

라티나가 크로이츠에서 신고 온 헝겊신은 조금도 더러워지지 않고 깨끗했다. 티스로우의 민족의상과는 계통이 다른 순백색 헝겊신이었으나 겉도는 일 없이 잘 융화되었다. 다른 옷으로 갈아입을 것도 고려하여 확실하게 디자인된 것 같았다.

데일이 내민 손을 잡고 라티나는 생긋 웃었다.

지금부터 일족에게 첫선을 보이고 잔치가 열린다.

크로이츠에서 받은 꽃은 라티나가 준비하는 동안 데일이 마을 밖에서 하겔에게 넘겨받았다. 그것들도 포함하여 신 앞에 봉납해야 했다.

아직도 『결혼식』은 계속되는 것이다.

티스로우의 결혼 의식은 잔치를 열기 전에 『주황의 신』의 신역에 『꽃』을 봉납하는 것으로 마무리된다.

본래는 신랑과 신부, 두 사람만 신역으로 향하지만, 데일과 라티나의 이번 결혼식 때는 두 사람이 받은 꽃이 일반적인 양이 아니었다. 둘이서 옮기기에는 너무 많았기에 데일의 남동생인 요르크가 짐꾼 역할을 맡았다.

신부가 든 휴대용 촛대에는 섬세한 세공이 새겨져 있었다. 의식을 위한 제구로서 만들어진 그 촛대의 투각 사이로 촛불 빛이 일렁일렁 새어 나왔다.

신랑이 옮기는 받침대에는 티스로우 일족에게 받은 『꽃』이 올려져 있었다. 나란히 선 신랑과 신부는 신역인 폭포 쪽으로 향했다. 대화는 없었다. 의식 중에 느껴지는 엄숙한 분위기에 자연스럽게 말수가 적어졌다.

땅거미가 지고 있어서 신부가 든 촛불만으로는 나아가기 걱정스러운 산길이었지만, 일정한 간격으로 길에 배치된 마도구의 빛도 있기에 불안은 없었다. 그래도 걷기 편한 길은 아니라서 아무래도 느릿한 발걸음이 되었다.

하지만 그 정적도 느릿한 시간도 불쾌하지는 않았다.

이따금 서로 시선을 교환했다.

그것만으로도 충분히 서로의 마음을 이해할 수 있을 것 같았다.

의식의 목적지는 『주황의 신』의 사당이 있는 폭포로 둘러싸인 반원형 공간이었다. 주변 암반에서 흘러나오는 가느다란 폭포가 웅덩이로 시원한 소리를 내며 떨어지고 있었다. 물보라는 물안개가 되어 청량감을 주었다. 그것은 이 공간에서 느껴지는 신성함과 무관하지 않았다.

지참한 촛불로 미리 설치되어 있던 등롱에 불을 붙였다.

하나하나 정중히 허리를 숙여 불을 붙이자 용소에 불빛이 반사되어 환상적으로 일렁이는 빛이 주위에 늘어났다.

모든 등롱이 밝혀지자 신랑이 들고 온 받침대를 사당 앞에 놓았다. 이번에는 거기에 커다란 바구니도 함께 바쳤다.

그리고 신랑과 신부는 나란히 기도를 올렸다. 정식 축사도, 신관이 올리는 축복의 말도 필요 없었다. 그저 순수한 형태의 기도만이 그곳에 있었다.

신의 깊은 은총을 받아 신앙과 함께 사는 일족이기에, 순수한 신앙심에서 우러나온 신을 향한 감사와 기도 또한 중시되었다.

긴 기도를 끝내고 새로이 부부가 된 두 사람은 얼굴을 들어 시선을 교환했다. 누가 먼저랄 것도 없이 서로 미소 지었다. 내민 손을 잡고 일어나 함께 주위를 바라보았다.

"예쁘다……."

"그러네."

"또…… 이렇게 이 경치를 볼 수 있게 돼서 정말로 기뻐."

그렇게 말하는, 예전에는 어렸던 그녀를 데일은 미소 지으며 보았다. 눈부시게 느껴질 만큼 아름답게 성장한 그녀와, 그때는 생각도 못 했던 형태로 이 땅을 다시 찾아오게 된 것이 참으로 신기했다.

"라티나가 앞으로도 행복하다고 말할 수 있게…… 나도 노력할게."

"그건 나도 마찬가지야."

서로 보듬어 안는 두 사람의 앞날을 생각해본다.

오늘은 종착점이 아니라 이제부터 시작이라고, 두 사람은 서로를 바라보며 행복하게 웃었다.

그렇게 완전히 두 사람만의 세계에 들어간 형 부부를 앞에 두고서, 태클을 거는 것도 멋없는 짓인지라 견딜 수 없는 심경으로 그저 서 있는 동생(요르크)의 존재는 두 사람의 머릿속에서 까맣게 잊혀 있었다.

아무리 따끈따끈한 신혼이라고는 하지만 아주 꿀이 뚝뚝 떨어져서 보고만 있어도 속이 쓰릴 만큼 달달하기 그지없는 두 사람이었다.

상대가 친형이기에 동생으로서는 더더욱 뭐라고 하기 어려웠다. 짐만 옮겨주고 냉큼 먼저 돌아가야 했던 걸까, 요르크는 조금 후회했다.

일족을 초대한 잔치 자리에서도 라티나는 내내 웃는 얼굴이었다.

원래대로라면 손님을 대접할 요리를 만드는 데 한몫 끼었을 라티나지만 오늘은 역시 그렇게까지 할 시간이 없었다. 그렇다면 어쩔 수 없으니 지금은 순수하게 맛보는 데 집중하기로 한 것 같았다.

많은 손님 앞에서 데일과 나란히 앉은 라티나는 요리를 받아 조금씩 먹을 때마다 더욱 기뻐하며 웃었다.

생글생글이라는 말이 딱 들어맞는 행복한 얼굴의 신부를 때때로 들여다보고서 데일도 웃는 얼굴이 되었다. 그의 경우 『웃는 얼굴』

이라고 하기에는 한심할 정도로 헤벌쭉한 표정이었으나, 행복해 보이는 것은 틀림없었다.

“이미 푹 빠져서 정신을 못 차리네.”

그렇게 소꿉친구나 친척이 칠칠치 못한 표정을 지적해도 데일은 전혀 부끄러워하지 않았다.

“이렇게 예쁜 신부가 앞에 있는데 정신 못 차리는 게 당연한 거 아니야?”

오히려 떳떳하게 잘라 말했다.

그 말을 들은 쪽이 반응하기 곤혹스러운 당당함이었다.

“데일…….”

그리고 옆에서 그런 말을 들은 라티나가 얼굴을 붉히게 하는 당당함이었다. 남들만큼 수치심을 가진 그녀로서는 이렇게 대놓고 애정을 과시하는 것은 부끄러울 뿐이었다.

축하 인사를 건네러 손님이 올 때마다 술잔이 찰랑찰랑 채워졌으나 데일은 그것을 변함없는 페이스로 들이켰다. 원래부터 술이 셌기에, 이것이 마족이 되면서 강화된 결과인지는 판별하기 어려웠다.

하지만 조금은 취했을 거라고 라티나는 생각하고 싶었다.

인사하러 오는 모든 손님에게 맨정신으로 이토록 신부 자랑을 하고 있는 것이라고는 생각하고 싶지 않았다.

“라티나는 언제나 귀여운데 오늘은 각별하게 예쁘니까 어쩔 수 없잖아.”

“데일…… 기쁘지만, 남들 앞에서는…….”

"그럼 단둘이 되면 괜찮은 거지?"

자중이라는 것을 내다 버린 것 같은 데일의 말이었다.

"단둘이 돼도…… 부끄러우니까……."

"아버지랑 어머니도 손주를 보고 싶을 테니까 신경 쓸 필요는 전혀 없어."

"역시 데일, 취했지?"

비비적비비적 뺨을 문지르는 것은 데일과의 일상적인 스킨십이지만, 남들의 시선을 전혀 신경 쓰지 않는 것과 날숨에 섞인 알코올 냄새에 라티나는 그렇게 판단했다.

『범고양이』의 점주 부부처럼 태클을 걸 존재가 없다는 것이 정말로 애석했다.

라티나는 수치심에 빨개진 채 데일을 조금 노려보았다. 오늘부터 자신은 그의 『아내』다. 여기선 의연한 태도를 보여야 한다.

그렇게 생각한 라티나의 결의와는 반대로, 신부를 선보이는 자리이기도 한 이 잔치에서 티스로우 일족이 본 새로운 일원은 신랑에게 듬뿍 사랑받는 작은 동물 같은 사랑스러운 신부였다.

그녀가 생각하는 『의연한 성인 여성』이 되려면 아직도 갈 길이 멀어 보였다.

그리고 그것을 막는 가장 큰 장해는 마침내 라티나를 자기 무릎 위에 앉히고 끌어안아 버린 데일이리라. 주위의 시선이 뜨뜻미지근해질 만도 했다. 어쩔 도리도 없었다.

멍멍이와 복슬복슬복슬.
백곰의 아가씨와
5. 후일담.

그렇게 티스로우에서 결혼식을 마친 데일과 라티나는 이후 예정에 관해 정해둔 것이 있었다.

“올 때는 하겔의 힘을 빌렸지만 돌아가는 건 천천히 걸어갈까.”

“응.”

크로이츠까지 돌아가는 기회를 이용하여 소소한 여행을 하자는 계획이었다.

일 때문에 멀리 나가기도 하고 마왕 섬멸 여행으로 전 세계를 돌아다녔던 데일에게 『여행』은 새로운 것이 아니었다. 하지만 라티나는 크로이츠 밖으로 나갈 기회 자체가 거의 없었다. 최근에는 왕도에 가거나 주변 마을을 방문하는 등 나갈 기회가 있긴 했지만 그것은 어디까지나 『공주님으로서 해야 할 공무』였다. 철두철미하게 일이라서 즐길 요소가 거의 없었다.

앞으로 어떻게 될지는 데일도 일률적으로 말할 수 없었다.

라티나는 앞으로도 『범고양이』의 간판 아가씨로서 바쁘고 떠들썩하지만 온화한 나날을 보내고 싶을 것이다. 그녀의 바람을 지켜주고 싶은 것은 데일의 본심이었다. 그러나 라티나가 이웃 나라 바실리오의 공주라는 사실은 바꿀 수 없다. 이번에 왕도에 갔다 오면서 라반드국의 제후에게도 라티나의 존재가 알려지게 되었다.

언젠가 분명 그에 걸맞은 입장을 가져야 한다는 목소리가 나올 것이다. 그때가 오면 그녀도 자신도 지금과는 다른 생활 속에 있게 될 것이 틀림없다.

하지만 그것은 오늘내일 벌어질 일도 아니었다. 그렇기에 지금은 온화하고 느긋한『여행』을 즐기자는 결론에 이른 것이었다.

예전에 어린 라티나와 함께 여행했을 때는 짐말을 준비했지만, 이번에는 데일 자신이 대형 배낭으로 짐을 옮기기로 했다. 지금 데일은 짐의 무게쯤이야 아무렇지도 않은 상태였고, 충실한 멍멍이 빈트가 있으면 순간적으로 전투가 벌어져도 대응할 수 있었다. 또한 성장한 라티나는 예전보다 더 많은 공격 마법과 방어 마법을 쓸 줄 알았다.

그래서 데일의 행동을 방해하는 짐이라는 요소가 있어도 다양한 상황에 대응할 수 있겠다고 판단했다.

데일 자신은 평소와 다름없는 여행 차림이었지만, 라티나는 벤델가르드 할멈이 주도적으로 여장을 준비하기도 해서 평소와 다른 생소한 모습이었다.

천상랑의 털을 넣어 만든 리본은 예전에 선물로 받은 적이 있지만 이번에는 모자에 감겨 있었다. 큼직하게 만든 나비매듭이 뒤쪽으로 늘어지는 디자인이었는데, 사랑스럽기는 해도 너무 어린 인상은 주지 않았다. 티스로우의 전통 의상 디자인을 답습한 튜닉에 긴 바지를 입고 부츠를 신은 것은 산길을 걷는 것도 내다봤기 때문이었다. 연한 색의 외투는 추위보다도 햇빛을 막기 위한 것이었다. 그녀의 가련한 분위기를 강화하는 코디네이션이었다.

조모가 준비한 여장의 센스가 나쁘지 않다는 점이 데일로서는 분하기도 해서 미묘했다.

긴 머리카락을 찰랑거리며 뒤돌아본 라티나의 표정이 너무나도 행복해 보여 데일의 표정도 자연스럽게 부드러워졌다.

“티스로우에서 느긋하게 있지 못한 건 조금 아쉽지만…… 그러면 다른 마을에서 느긋하게 있을 수 없게 되고…… 그것도 아쉬워지니까 어려운 문제야.”

“하겔의 힘을 빌리면 다시 금방 돌아올 수 있어. 앞으로 종종 오면 되지……. 라티나에게도 이제 『가족』이 있는 곳이니까.”

“……응.”

푸르게 우거진 숲의 나무들에 여름 햇살이 막혀 모자이크 모양으로 그림자가 드리워졌다. 그리로 부는 시원한 바람을 느끼며 쑥스럽게 미소 지은 라티나와 함께 데일은 천천히 걸어갔다.

그리고 이 여행 중에 라티나는 꼭 들르고 싶은 곳이 있었다.

“……벌써 몇 년이나 지났으니까 잊어버렸을지도 모르지만.”

그렇게 말하며 라티나는 숲속의 좁은 길을 걸었다. 살짝 앞서 걷는 빈트는 뭔가가 신경 쓰이는지 연신 킁킁거리며 주변의 냄새를 맡고 있었다.

“그러네…… 특히나 갓난아기일 때는 기억하기 어려우니까.”

데일도 라티나의 말에 동의했다. 언제나 라티나를 최우선으로 여기는 데일치고 희한한 발언 같지만, 괜히 기대하게 했다가 라티나를 더욱 실망시킬 바에야 조금 듣기 싫은 소리를 하는 편이 낫다는 판단이었다. 그녀를 최우선으로 여긴다는 사실은 굳건했다.

이윽고 숲이 트였다.

돌을 쌓아 만든 벽과 나무의 색이 그대로 드러나는 지붕을 가진 작은 집들이 옹기종기 모여 있는 아담한 마을이 시야에 들어왔다.

라티나가 오고 싶어 하며 줄곧 신경 썼던 곳.

그게 바로 이 수인족 마을이었다.

"마야…… 많이 컸겠지."

"그로부터 몇 년이나 지났으니까. 그때의 라티나랑 비슷한 나이가 되지 않았을까?"

그 당시 어린 소녀였던 라티나가 꺼낸 말에 데일은 내심 쓴웃음을 지으며 마을 안으로 들어갔다. 『많이 컸다』는 점에서는 라티나도 남 말 할 수 없을 만큼 성장했다.

그렇게 생각하며 데일은 평소보다도 더 주변 냄새를 맡고 있는 빈트가 돌발적으로 묘한 행동을 하지 않도록 조심하는 것을 잊지 않았다. 목줄이라도 매두고 싶을 만큼 오늘의 빈트는 산만하고 행동을 예측할 수 없었다.

이윽고 두 사람은 낯익은 작은 집 앞에 섰다.

조금 난처한 표정을 짓고 있는 라티나 대신 데일이 문을 두드려 방문을 알렸다. 대답하는 목소리와 함께 문이 열렸고—.

데일은 어안이 벙벙해져서 경직됐다.

털 뭉치가…… 늘어나 있었다.

요제프는 촌수가 멀긴 해도 데일의 친척이니 그 아이들도 데일에게는 친척이 된다. 그렇게 생각하면 상당히 너무한 표현이었으나, 인간인 데일에게 수인족의 외모는 성별조차 구별하기 어려운 것이었다.

실내에 수인족 아이들이 세 명쯤 있었다.

심지어 전원 검은 털이었다. 다소 크기가 다른 것 같긴 하지만 나이조차 판별하기 어려웠다.

"마야, 남동생이 두 명 태어났구나. 다들 얼굴이 많이 닮았네. 한 명은 에마보다 조금 나이가 많고 한 명은 비슷하려나."

그렇게 간단히 구분하는 라티나는 역시 특수 능력을 가지고 있다고 볼 수밖에 없었다. 얕볼 수 없는 마인족의 능력이었다.

그리고 어느새 친척이 늘어났다는 사실에 데일이 곤혹스러워하는 동안 사태는 더욱 혼미해졌다.

"삐샤~."

"컹!"

"뀨잉."

"미갸~."

기르는(빈트) 개와 친척 아이들이 서로 위협하기 시작한 것이다.

멍멍이를 포함한 털 뭉치들이 다들 일제히 털을 곤두세워 복슬복슬 털 뭉치로 변했다. 연상자인 마야와 빈트는 서로 한 치의 양보도 없는 일촉즉발의 위협 태세에 들어가 있었지만, 어린 두 남동생은 약간 겁먹은 모습이었다. 누나 뒤에서 빈트에게 한껏 위협 태세를 보이고 있었다.

'뭐, 가끔 잊어버릴 뻔하지만 이 녀석은(빈트) 환수니까. 이런 반응이 나오는 것도 당연한가.'

데일은 아득한 눈으로 사태를 조용히 관망했으나 그 옆에 있던 라티나는 평소와 다른 반응을 보였다.

"빈트, 안 돼."

무릎을 굽혀 시선을 맞추고 기르는 개를 단호하게 꾸짖었다.

"이렇게 작은 아이들한테 겁주면 안 돼."

"우우."

혼난 것 자체에는 불만스러워 보였으나 빈트는 반론하지 않고 얌전히 위협 태세를 해제했다. 하지만 거기서 빈트는 라티나에게 머리를 비비적비비적 문질렀다. 그리고서 의기양양한 얼굴로 검은 털 뭉치 남매를 흘겨봤다. 자신의 우위를 주위에 어필하는 행동이라고, 『개』의 표정을 모르는 데일도 확신하게 되는 행동이었다.

"삐샤~!"

"그야 화나겠지."

데일도 그런 빈트의 태도에는 역시 태클을 걸 수밖에 없었다.

그렇게 떠들썩한 이들의 뒤에서 덩치 큰 남자가 느릿느릿 모습을 나타냈다.

"뭐야, 데일인가. 오랜만이네."

"말투는 넘어가기로 하고. 건강해 보여서 다행이야, 요제프. 오랜만에 이쪽에 들러서 한번 와봤어."

뚱뚱하다는 말이 더 정확한 남자는 이 집의 가장인 요제프였고, 기억하는 것보다도 나이를 먹은 인상이 강해져 있었다. 다만 가느다란 눈과 거기서 받는 온화한 인상은 변함없었다. 요제프는 데일과 라티나를 집에 들이며 말을 이었다.

"오랜만에 들렀다니…… 마을에 가는 도중이야?"

"아니, 실은 돌아가는 길인데……."

어떻게 설명해야 하나 싶어서 데일의 시선이 조금 방황했다. 그러면서 대화가 끊어진 순간에 라티나가 한 발 앞으로 나와 생긋 미소 지었다.

"오랜만이에요, 요제프 씨. 저희는 며칠 전까지 티스로우에 체재하다가…… 이제 크로이츠로 돌아가는 길이에요."

"오……? 아아, 그때 봤던 아가씨인가. 많이 컸네."

그렇게 명랑하게 대화하는 요제프의 모습을 보건대 『요정 공주』나 『백금의 용사』에 관한 소문은 이 산속 시골 마을까지는 전해지지 않은 듯했다. 데일은 안도했다. 친척에게 『영웅담의 주인공』 취급을 받는 것은 솔직히 말해서 견디기 힘들었다.

그리고 경과를 전혀 모르는 요제프에게 라티나와 결혼했다고 보고해야 할지 주저했다. 그녀의 어릴 적을 아는 상대이기에 더더욱 그랬다.

"마야야말로 많이 컸네요."

그렇게 말하며 라티나가 제일 커다란 검은 털 뭉치를 보자 그 털 뭉치 소녀는 라티나의 모습을 힐끔 확인하고서 고개를 옆으로 팽 돌렸다.

마야의 그 반응에 라티나가 조금 아쉬워하며 눈썹을 내렸다.

"자, 너희도 인사해."

"녜. 안녕하세여."

"안녕하세요."

아빠가 재촉하자 어린 두 아들은 서툴지만 순순히 인사했다. 그 나이에 걸맞은 사랑스러운 모습에 라티나는 미소 지으며 무릎을 굽혀 어린아이에게 대답했다.

"안녕하세요. 실례할게요."

라티나가 생긋 웃어준 것만으로도 두 어린아이의 긴장이 풀린 것을 데일은 알 수 있었다. 하지만 데일뿐만 아니라 빈트도 그것을 눈치챘는지 빈트는 연신 라티나의 몸에 자기 몸을 비볐다.

"……노골적이네."

주인의 관심을 자신에게 돌리려는 행동이리라. 눈물겨운 어필이었다.

"뭐, 갑자기 온 건 그렇다 쳐도…… 환수라는 엄청난 존재를 데려올 줄은 몰랐어……."

기막혀하는 요제프의 시선 끝에는 어린아이들을 상대로 위기감을 느끼고 있는 빈트의 모습이 있었다.

『범고양이』를 생활 터전으로 삼고 있는 빈트는 테오와 에마를 자신의 영역 안에 있는『한 식구』라고 인식했다. 그래서 라티나가 테오와 에마에게 다정하게 대해도 빈트는 공격하거나 방해하지 않았다.

하지만 이 수인족 마을에서는 자신이 외부 존재고 입장이 약하다는 것을 이해하고 있는 모양이었다. 그리고 라티나가 어린아이에게 다분히 약하다는 것도 이 멍멍이는 이해하고 있었다.

"우우~ 우우~ 우우~."

비비적비비적. 비비적비비적. 그렇게 몇 번이고 머리를 문질렀다.

이해하기에 빈트는 그렇게 필요 이상으로 라티나에게 어필하는 것이었다.

"왜 그래? 빈트."

하지만 라티나는 그녀답게 평소처럼 어리바리하여 빈트의 필사적인 어필은 그다지 통하지 않았다. 불쌍했다.

그런 가운데 가장 작은 아이가 그녀의 무릎 위에 앉았다.

새치기라고도 할 수 있는 그 행동에 어린 형과 빈트 사이에 긴장감이 생겼다.

라티나는 아이가 방긋 웃어준 것에 기뻐하느라 자신의 주위에서 긴장감이 고조되고 있음을 눈치채지 못한 것 같았다.

"……."

그런 일촉즉발의 공간에서 데일은 슬쩍 시선을 돌렸다. 시선 끝에는 집주인인 친척 남성이 있었다.

"맞다, 요제프. 이거, 본가 쪽에서 받아 왔는데……."

"응? 오오, 고맙다."

본가에서 받은 선물을 배낭에서 꺼낸 데일은 의도적으로 요제프와의 대화에 의식을 집중했다.

데일이 그렇게 하는 것도 어쩔 수 없었다.

그의 예상은 들어맞아서 이 직후, 라티나는 복슬복슬 군단의 비비적 공격에 시달리게 되었다.

과거에 마야 한 명일 때도 비비적 공격에 굴려졌던 라티나다. 현재는 그녀도 어른이 되었으나 이번 상대는 복수, 게다가 환수 멍멍이까지 있었다.

규격을 벗어난 일족인 티스로우의 계보를 이어받았으며 폭주 기질을 지닌 두 어린아이와 거기다 환수 천상랑을 이끄는 우두머리의 새끼 늑대가 상대여서야 불리했다.

"어? 자…… 잠깐만, 잠깐……!"

복슬복슬 군단의 「만져줘, 관심 가져줘」 공격을 한꺼번에 받게 된 라티나는 처음에는 의미 있는 말을 하며 일동을 제지하려고 했다. 그러나 곧장 그녀의 말은 의미를 이루지 못하게 되었다.

"흐냐아아아아아아!"

멍멍이 같은 집단 속에서 새끼 고양이의 울음소리 같은 비명을 지르며 라티나는 굴려졌다. 예상과 다르지 않은 결과였다.

어린아이와 멍멍이를 상대로 진심으로 제지하려 드는 것도 어른스럽지 못하고, 뒹구는 라티나의 비명에 비통함은 없었다. 어딘가 기쁜 것 같기도 했다. 그래서 데일에게는 조용히 지켜본다는 선택지밖에 없었다.

"괜찮아?"

"별로 괜찮지 않…… 햐…… 흐야아!"

어린아이와 멍멍이를 상대로 어쩌지도 못하고 한심한 비명을 지르는 그녀는 이래 봬도 신의 말석에 자리한『마왕』이라는 존재였다.

"때로 현실은 지어낸 이야기보다도 기묘하단 말이지……."

데일은 그렇게 중얼거리며 이번에는 반대 방향으로 굴려지는 라티나를 지켜보았다. 굴려지는 그녀도 하찮아서 귀엽다고 생각하는 데일은 역시 말기였고 평소와 다름없었다.

결국 라티나를 비비적 공격에서 구한 것은 데일과 마찬가지로 이 소동을 관망하던 인물이었다.

동생들과 멍멍이에 의해 이리저리 굴려지는 라티나의 모습을 묵묵히 바라보던 마야는 말없이 소란의 중심으로 척척 돌진했다.

그리고 우뚝 서서 주위를 흘겨보았다.

그제야 데일은 마야가 여자아이다운 원피스를 입고 있음을 알아차렸다. 그래도 남녀의 차이가 확실하지 않은 인상이었던 것은 마야가 나이에 걸맞지 않은 거물 오라를 풍기고 있기 때문이리라.

조모와 같은 계통인 걸까. 그렇다면 더 늦기 전에 시정해두는 편이 좋을 것 같다.

그런 감상을 품고 데일은 한 줄기 식은땀을 흘렸다.

“빠.”

“삐.”

두 동생이 꼬리를 말고 차렷 자세로 섰다.

누나와 동생 사이의 관계를 헤아릴 수 있는 반응이었다.

그렇게 동생들을 제지한 마야는 털썩 앉았다.

물론 앉은 곳은 라티나의 무릎 위였다.

너무 갑작스러운 마야의 행동에 곤혹을 감추지 못하며 라티나는 마야에게 말을 걸었다.

“……으음, 마야……?”

“……팽.”

직접 효과음을 내며 마야는 자신의 모습을 살피는 라티나에게서 얼굴을 돌렸다. 굴하지 않고 라티나가 이번에는 반대쪽에서 들여다보자 재차 얼굴을 돌렸다.

“팽.”

또 직접 말했다.

소녀의 그런 유치한 행동에 라티나의 표정이 헤실헤실 풀어졌다. 절로 미소가 지어지는 츤데레 모습이 라티나의 심금을 크게 울린 모양이었다.

“마야.”

“팽.”

"마야."

"팽."

마야를 따라 기쁘게 요리조리 고개를 돌리는 라티나를 보고 빈트가 불만스러운 얼굴이 되었다. 평소에는 짐승의 표정을 읽어내지 못하는 데일도 확실하게 알 수 있는 불만스러운 얼굴이었다.

그리고 마야는 얼굴을 팽 돌리면서도 빈트와 시선이 마주치는 짧은 순간에 무지막지하게 의기양양한 눈길을 힐끗 보내고 있었다.

빈트의 불만스러운 얼굴이 더더욱 분한 얼굴이 되었다.

아무래도 제1회 라티나 쟁탈전의 승자가 결정된 듯했다.

하지만 어떻게 생각해도 『쟁탈전』이 이번 한 번으로 끝날 것 같지는 않았다. 그리고 냉큼 작별 인사를 하고서 여행을 서두를 분위기도 아니게 되어버렸다.

'뭐, 급한 여행도 아니고. 상관없나.'

데일은 그렇게 독백하고서 오늘 밤 묵을 곳을 빌리기 위해 요제프를 향해 입을 뗐다.

'……천상랑뿐만 아니라 수인족 중에서도 머지않아 신봉자가 생길 것 같아서 불안하다고 할까, 무섭단 말이지…….'

내심 그렇게 생각했고…….

—까만 털을 지닌 강인한 수인족 전사가 『요정 공주』 곁을 따르며 그 옥체를 지켰다.

라는 영웅담(사가)이 후세에 구전되는 것까지 너무나도 간단히 상상이 가서 전율했다. 복슬복슬한 생명체에게 사랑받는 라티나를 보고 있자니 정말로 실현될 것 같아서 장래가 두려웠다.

권속이라는 『부하』가 데일밖에 없는 마왕인데도 어느 호전적인 마왕보다도 막강하고 강력한 전력을 거느리고 있는 것 같다는 기분을 지울 수 없었다.

그렇게 생각한 후에 데일은 한숨을 한 번 쉬었다.

"마야."

"팽."

이번에 『작별』할 때는 웃으며 재회를 약속하게 되면 좋겠다.

데일은 그렇게 생각하고서 라티나를 바라보며 조용히 미소 지었다.

무지개가 지켜보는 세계에서

종장

라반드국은 풍요로운 국토와 긴 역사를 가진 『인간』의 국가다. 『빨강의 신』을 주신으로 섬기며 규율을 중시하는 풍토를 지녔다. 그것은 타종족에 대한 편견이나 차별을 허락하지 않고 신분의 귀천에 따라 착취당하지 않는 공평한 통치가 길게 이어지고 있는 것을 봐도 알 수 있었다.

이웃 나라인 『마인족』의 국가 바실리오와는 오랫동안 우호적인 관계를 구축하고 있다.

아름답고 총명하다고 알려진 바실리오의 현왕(賢王) 『황금의 왕』은 라반드국 출신의 유학생을 적극적으로 받아들여 양국은 문화와 학문, 마법학 분야에서 밀접한 관계를 쌓아 올리고 있다.

그런 양국을 잇는 가도의 도중에 작은 마을이 있다.

마수의 서식지가 바로 옆이라 안전성이 염려되는 입지이지만 그곳은 전 세계의 『모험가』들이 동경하는 토지이기도 했다.

이 마을은 모험가들이 구축한 마을이었다.

마을이 창건된 지 얼마 되지 않았을 무렵부터 존재하는 여관 『노래하는 흰 고양이』에는 맛있는 요리와 함께, 일찍이 전 세계에 이름을 떨쳤던 『전설의 용사』의 일화도 많이 남아 있다.

이 땅을 다스리는 영주가 훌륭한 통치자일 뿐만 아니라 일류 전사이기도 해서 모험가들에게 관대하다는 점도 크게 작용했다. 금실 좋은 영주 부부는 현재 일선에서 물러나 제자이기도 한 양자들에게 마을 운영을 맡기고 있지만 그 방침은 바뀌지 않았다.

모험가들이 동경하는 토지. 그렇게 불릴 만한 이유가 수많이 존재했다.

가도는 마수의 서식지를 통과하기에 늘 위험이 따른다. 여행자의 대다수는 모험가를 호위로 고용하여 그곳을 종단하게 된다.

현왕이라고 칭송받는 『황금의 왕』은 양국 간의 이 가도를 유지하는 데 항상 고심하여 일정한 간격으로 탑을 세웠다. 여행자에게 그 탑은 자신의 위치를 파악하기 위한 안표임과 동시에 마수를 쫓는 결계가 쳐져서 안전하게 휴식할 수 있는 장소였다.

특히나 라반드국이 바로 근처임을 나타내는 하얀 탑은 한층 훌륭했다.

탑의 측면에 새겨진 태양과 달 의장은 『황금의 왕』과 동생 공주를 나타내는 것으로, 많은 이들은 그 탑을 양국의 국교와 우호에 힘썼던 두 사람을 기리는 기념비적인 것이라고 여기고 있다.

때때로 찾아온 여행자가 꽃다발을 바치고 가던 것이 점차 꽃씨를 뿌리는 것으로 바뀌면서 탑 주변이 계절마다 아름다운 풍경을 보이는 꽃밭이 된 것도 큰 특징이었다.

많은 여행자가 거기서 발을 멈추고 아름다운 경치를 바라보는 모습을 『탑』은 계속 지켜보고 있다.

가도를 빠져나가면 라반드국에서 왕도 다음가는 도시인 『크로이츠』가 있다.

외벽으로 둘러싸인 이 도시는 비뚤어지기는 했지만 이름대로 십자 형태를 띠고 있다. 바실리오와의 교역 창구이자 많은 상인과 여행자가 모이는 도시였다.

그리고 가도의 호위나 마수 퇴치를 맡은 모험가가 많이 오가는 도시이기도 했다. 오랜 세월에 걸쳐 형성된 도시의 분위기는 오늘도 여행자를 환영했다.

환호성을 지르며 뛰어다니는 아이들의 수가 많은 것에서도 이 도시의 풍족함과 평온함이 느껴졌다.

정말이지 즐겁게 뛰어다니는 아이들의 모습을 보고 여행복 차림의 여성이 자연스럽게 자애로운 미소를 지었다.

그런 그녀의 눈앞에서 한 아이가 넘어졌다.

“아! 괜찮니?”

반사적으로 그녀가 말을 건 것은 넘어진 아이의 무릎에서 피가 나는 것을 봤기 때문이었다. 운 나쁘게 뾰족한 돌부리에 베인 듯했다. 자신의 무릎을 본 아이의 얼굴이 일그러지며 순식간에 눈에 그렁그렁 눈물이 차올랐다.

“베였구나…… 잠시만 참을 수 있을까?”

여성은 무릎을 굽히고 아이의 얼굴을 들여다보며 말했다.

너무나도 자상한 목소리라서 아이는 그녀를 보았다. 그리고 아이는 자신이 울음을 터뜨리려고 했던 것도 잊은 채 멍한 얼굴이 되었다.

"『요정 공주』다……."

이 도시의 아이라면 누구나 아는 옛날이야기이자 전 세계의 많은 이가 아는 영웅담. 『백금의 용사와 요정 공주』라고 불리는 전설.

아이도 그림책을 몇 번이나 되풀이해 읽었다. 그 그림책 속에 그려져 있던 공주님 같은 아름다운 여성이었다.

아이의 말에 그녀는 살짝 쓴웃음을 지으며 아이의 무릎을 향해 손끝을 들었다. 손에서 희미한 빛이 나자 욱신거렸던 아픔이 싹 나았다.

"괜찮니?"

"응."

다정한 목소리로 그녀가 재차 물었다. 이에 아이는 크게 고개를 끄덕였다.

그 움직임에 따라 아이가 목에 걸고 있던 자그마한 검은 조각이 반짝 빛났다.

"……그건……."

여성의 관심을 끈 것을 아이는 득의양양하게 들어서 보여주었다.

"부적!"

"……그래. 부적이구나."

"응. 아빠한테 받았어. 아빠는 할머니한테 받았고. 할머니도 그렇게 받았대. 계속, 계속."

"그렇구나…… 소중히 여기고 있는 거네."

"응!"

여성의 회색 눈동자에 살짝 물기가 어린 이유를 아이는 알 수 없었으나 그녀가 미소 지어줘서 기뻐졌다.

여성은 재차 손을 뻗어 아이가 든 검은 조각을 건드렸다.

"맞아…… 이건『부적』이야."

조각이 아주 조금 따뜻해진 것 같아서 아이는 이상하다는 듯 고개를 갸웃했다. 그런 아이의 동작에 여성은 매우 흐뭇한 장면을 본 것처럼 살포시 웃었다.

"소중한 사람이 행복해지기를 바라는 마음이 담겨 있어."

무슨 뜻인지 잘 이해가 가지는 않았으나, 속삭이는 듯한 그녀의 목소리가 무척 자상하여 아이의 가슴은 따뜻해졌다.

"엄마~."

"마마~!"

그때 두 사람분의 어린 목소리가 들려와 그녀는 얼굴을 들었다.

그녀의 시선 끝에 검은 코트를 입은 젊은 남성과 어린 남자아이와 여자아이가 있었다. 아이들은 남성과 손을 잡고서 그녀를 향해 반대쪽 손을 크게 붕붕 흔들고 있었다.

"미아가 될지도 몰라!"

"또 아빠가 난리 피울 거야!"

아이들이 말한 내용에 쓰게 웃으며 그녀는 일어났다.

"……아."

그리고 뭔가를 알아차린 듯한 목소리를 냈다.

아이가 그녀를 따라 시선을 들자 하늘에 커다란 무지개가 걸려 있었다.

"무지개는 말이지, 신께서 지켜보고 계실 때 뜬단다."

그렇게 말한 그녀는 미소 짓고, 자신을 부르는 아이들 곁으로 달려갔다.

무지개 아래에 모인 가족은 무척 행복해 보였다.

■작가 후기

「이후 전개가 어떻게 될지 정해져 있나요?」 하고, 아직 한참 초반을 쓰던 중에 편집자님께 질문받았을 때의 저는 현재와 같은 상황을 전혀 예상하지 못했습니다.

많은 분께는 안녕하세요, 어쩌면 처음 뵙겠습니다. CHIROLU라고 합니다. 이번에 이렇게 졸작 『우리 딸을 위해서라면, 나는 마왕도 쓰러뜨릴 수 있을지 몰라.』 8권을 구입해주셔서 진심으로 감사합니다.

집필 전, 설정을 짜던 단계에 에필로그의 이미지는 떠올라 있었습니다. 목표는 끝까지 다 쓰는 것인 엉터리 작가지만, 더듬거리면서도 그때 떠올렸던 에필로그까지 어떻게든 도달할 수 있었던 것도 여기까지 함께해주신 여러분 덕분입니다. 정말로 고맙습니다.

……하고, 감사 인사로 마무리할 예정이었습니다만, 대단히 감사하게도 『딸』은 아직도 성장을 계속할 모양인지 이번에는 『애니메이션 제작 결정』이라는 소식을 전하게 되었습니다.

편집자님과 서두의 대화를 나눴을 무렵에는 정말로 『딸』이 이렇게 다양한 매체로 전개해 나갈 줄은 전혀 예상도 못 했습니다. 글쓴이인 제가 생각했던 것 이상으로, 그저 귀엽기만 한 것이 아닌 부지런한 엄청난 능력자 『딸』이었던 모양입니다. ……이렇게 써놓고는 이런 제 코멘트가 『전직 보호자』와 크게 다를 바 없음을 깨닫고 미묘한 얼굴이 되는 저입니다.

힘써 주신 관계자분들. 흠잡을 데 없는 대단원이란 느낌으로 아름다운 『딸』의 웨딩드레스 모습을 그려주신 케이 님. 그리고 무엇보다도 수많은 작품 중에서 이 작품을 골라주신 여러분께 진심으로 감사드릴 따름입니다.

조금이나마 『우리 딸』을 보며 마음이 따뜻해지셨기를 바랍니다.

정말로 마지막까지 감사했습……「애니메이션 방송에 맞춰서 단편집을 내도 돼요.」「예? 마지막이라고 말한 데다가 확실하게 에필로그까지 써버렸는데요?」「새로 외전 써도 돼요.」「……어른의 사정이라는 녀석인가요!」「그렇죠.」

하고, 편집자님께 분부받았으니 뭔가가 나온다면 그건 어른의 사정입니다.

2019년 2월 CHIROLU

우리 딸을 위해서라면, 나는 마왕도 쓰러뜨릴 수 있을지 몰라. 8

초판 1쇄 발행 2018년 7월 20일

지은이_ CHIROLU
일러스트_ Kei
옮긴이_ 송재희

발행인_ 신현호
편집국장_ 김은주
편집진행_ 최은진 · 김기준 · 김승신 · 원현선 · 권세라
편집디자인_ 양우연
국제업무_ 정아라 · 전은지
관리 · 영업_ 김민원 · 조인희

펴낸곳_ (주)디앤씨미디어
등록_ 2002년 4월 25일 제20-260호
주소_ 서울시 구로구 디지털로 26길 111 JnK디지털타워 503호
전화_ 02-333-2513(대표)
팩시밀리_ 02-333-2514
이메일_ lnovelpiya@naver.com
ㄴ노벨 공식 카페_ http://cafe.naver.com/lnovel11

UCHINO KONO TAMENARABA, OREHA MOSHIKASHITARA MAOUMO TAOSERU KAMOSHIRENAI. 8

ISBN 979-11-278-5141-5 04830
ISBN 979-11-278-2428-0 (세트)

값 9,800원

모험가가 되고 싶다며
도시로 떠났던 딸이 S랭크가 되었다 1~2권

모지 카키야 지음 | toi8 일러스트 | 김성래 옮김

고향 시골에서 은퇴 모험가 생활을 보내던 벨그리프는
숲에서 주운 소녀를 안젤린이라 이름 붙여서 친딸처럼 키웠다.
벨그리프를 동경하여 도시로 떠나 모험가가 된 안젤린은
길드에서 최고위《S랭크》까지 올라 분주한 나날을 보낸다.
어느덧 5년이 지나 안젤린은 힘겹게 장기 휴가를 내서
정말 좋아하는 아빠 벨그리프를 만나러 가려 하지만
느닷없이 마물 토벌에 동원된다거나 도적단과 맞닥뜨리며
좀처럼 귀로에 오를 수가 없었다.

"도대체 나는 언제쯤이면 아빠랑 만날 수 있는 거야……!"

따뜻한 이야기와 모험이 가득한 하트풀 판타지!!